绿叶雨

外国经典散文名家名译

谢大光◎主编

森林
树
一个树木之家
松树
阿尔卑斯山中的枞树林
郡上的南天竹
绿叶雨
种植园
白草
路旁杂草
花
与花儿攀谈
花前自愧
森林里的紫阳花
兰忆
南方的来客
橘颂
樱桃

天津出版传媒集团
百花文艺出版社

图书在版编目（CIP）数据

绿叶雨 / 谢大光主编. -- 天津：百花文艺出版社，2014.1
(外国经典散文名家名译)
ISBN 978-7-5306-6403-2

Ⅰ. ①绿… Ⅱ. ①谢… Ⅲ. ①散文集-世界 Ⅳ. ①I16

中国版本图书馆 CIP 数据核字(2013)第 302115 号

选题策划：李家文　　**装帧设计**：刁子勇
责任编辑：李家文　　**责任校对**：曾玺静

出版人：李华敏
出版发行：百花文艺出版社
地址：天津市和平区西康路 35 号　　**邮编**：300051
电话传真：+86-22-23332651（发行部）
+86-22-23332656（总编室）
+86-22-23332478（邮购部）
主页：http://www.bhpubl.com.cn
印刷：唐山天意印刷有限责任公司
开本：787×1092毫米　1/32
字数：126 千字　**插页**：3
印张：9.25
版次：2014 年1 月第1 版
印次：2014 年1 月第1 次印刷
定价：22.00 元

目录

森林

〔俄罗斯〕阿克萨科夫

所有的森林野禽大都生活在森林里，甚至有些野禽是从来不会离开林子的。

我曾经讲到过水，说它是“大自然的美景”，森林也可以说是这样的。任何一个地方景致的完美都离不开水和森林，大大小小的河流和湖泊的周围总是长满了树木和灌木丛，大自然正是这样结合的，很少有例外。大自然的伟大之处就在于它将森林和水结合在一起。森林是水的保护神，树木使土壤免受夏日强烈的日光照射和风沙的损害；树荫底下凉爽潮湿，空气中保存了流动和不流动的水分。现在，在整个俄罗斯已经被标记过的河流在不断地减少，普遍认为是森林遭受破坏的结果。

含树脂多的树木，如松树、云杉、冷杉等聚集在一起，叫做针叶林或者赤松林。这种林木的特点在于树叶是针形的，冬天不落叶，而春天和夏初时节才渐渐地开始更换新叶；秋天的时候，树叶会更加饱满、鲜绿，因此这种树木从来都会傲然从容地迎接冬天的到来。只长松树的林子，我们管它叫做松林。其他那些秋天落叶，春天长叶的树种，例如橡树、榆树、黑杨、椴树、白桦树、山杨、赤杨等叫做阔叶林或是黑林。一些结浆果的树种也属于这里面，比如经常能长得高大粗壮的稠李和花楸。冬天落叶的各种灌木也应该列入阔叶林科中，例如荚蒾、榛树、忍冬、各类野蔷薇、五蕊柳、河柳等等。

针叶树喜欢黏稠的土壤，而松树则更喜欢沙土地，在真正的黑土地上，松树的数量少得可怜，只有在裸露着沙土和碎石的山上才能见到。我不喜欢针叶树，不喜欢那种忧郁而乏味的绿色，不喜欢针叶树下的沙土地和黏土地。这也许是因为我从小就习惯了阔叶林和肥沃的黑土地的缘故吧。阔叶树的叶子形状各异，看上去是那样的赏心悦目！在我生活了大半个世纪的奥伦堡省的一些县里，松树是极其罕见的。因此，我也就只能谈谈阔叶林了。

阔叶林大多是许多种树种混合生长在一起的，但偶尔也会见到只长有一种树种的小片树林，例如橡树林、椴树林、桦树林或者白杨树林，这些树种很普遍，在数量上要比其他树种多得多，适合做建筑用材。当各样树种混合生长在一起，组成一大片绿色的树林时，树木看上去都是一样美丽，但若是单独比较，还是有一些树种略微逊色一些。有着白色的树干、淡绿色叶子的白桦树，枝繁叶茂，令人心旷神怡；但还有比它更好的树，那就是椴树，它体态匀称，枝叶纷披，叶子圆润，开花的时候，散发出甜蜜的气息。它的树叶颜色不很鲜亮，而是一种柔和的绿色。一直以来，椴树韧皮都被信奉东正教的俄罗斯人民用来做树皮鞋。槭树也不错，它高大、挺拔、漂亮，但是在我所熟悉的奥伦堡地区却很少见到，而且也都没有长到应有的高度；高大、伟岸、有几抱粗的老橡树，可以生长几百年，小橡树却并没有什么吸引人的地方，它的颜色是深绿色的，晦暗，没有光泽，每个叶片上有一个小开口，厚密而结实，只有这一点才能让人联想到那伟岸、挺拔、历经风雨而不衰的老橡树；山杨树无论从外形还是从内部结构来说，都是建筑用材最后选择的目标，白杨树叶随风颤动，但很少引人注意，只有到了秋天才会显示出它的魅力来，这时，它那早熟了的叶子已经呈现出金黄和深红的颜色，当其他的树木还是绿意浓浓时，这样的颜色就显得格外的鲜明，在秋天落叶时节为森林增添了许多诗意和鲜活力。

“开始生长”和“正要生长”的林子，也就是说那些幼林，看上去非常令人愉快，特别是从远处望去，树叶的绿色是那样的新鲜、生动，只是树荫很少，小树长得纤细、稠密，很难穿行。随着时间的推移，大部分树木会因拥挤而渐渐干枯，只有那些生命力强的树木才会吸收到土壤里的营养，渐渐地纵向、横向地生长。

一行行排列紧密的高大、古老的树木巍然挺立，远远望去，黑压压的一片，但是这里所说的“古老的”不应该理解为已经衰老得没有叶子的老枯树，树木一旦到了这种程度，看上去大多是非常凄凉而忧伤的。在自然界中一切生物种类的生长都是需要一个渐进的过程。一般说来，森林大都是由不同年龄的树木组成的。那些衰老的树木，在走完了自己的一生之后，变得完全干枯了，在众多枝繁叶茂的树种中显得那样的渺小、平庸，不为人所注目。在森林里，有时你会见到一些橡树、椴树、白桦树和山杨树的巨大的树干横在地上，这是怎么回事呢？原来，这些树木长到了一定年龄，就会干枯，然后从根部开始腐烂，最终被暴风雨吹倒在地。这些树木倾倒的时候，会压弯或折断邻近正在生长的树木，后者在受到这样的打击之后，尽管看上去样子很难看，但却还能继续生长，只是树干被弯向一侧，接下来要么就地生长，要么就弯成一个漂亮的弧线形生长。我们回过头来说横在地上的树干，尽管它的内部已经腐烂，但它的外形却能完好地保存很长时间，而且树皮上长满了青苔，甚至青草。有的时候，我匆匆忙忙地赶路，会不经意地碰到这样的树干——一脚踏上去，脚穿过树干径直陷进土里。于是，一团团腐烂的粉尘几秒钟内将我包围住……但是，这一点意外并不会影响人们去欣赏身边的绿色世界，欣赏那清新、朦胧、安静的氛围。炎热的中午能看见茂密的森林，该是多么让人愉快的一件事情啊！林中纯净的空气是那样清凉、怡人，而宁静的氛围又让人心神平静，当有风吹来时，树叶发出沙沙的响声，真是绝妙的大自然啊！森林的朦胧美给人一种神秘的、未知的印象，野兽、飞鸟和人的声音在这里也发生了变化，变得奇怪了，变得无法捉摸了。这是一个特别的世界，人们以其丰富的想象力赋予它以超自然的生命力，比如，人们常用"林妖"、"森林姑娘"来比喻森林，对于河流、湖泊中的漩涡，人们则称之为"水妖"。但是，暴风雨来临的时候，森林却可怕极了。这时，尽管地面上很安静，但树干却吱吱响着，呻吟着，干树枝噼噼啪啪不停地断裂着。一种不由自主的恐惧感袭上心头，迫使人赶紧向开阔的地方奔跑。

在森林里栖息着各种各样的漂亮的飞禽，它们叫声各异，种类繁多。细嘴松鸡悠然自得地闲聊着，花尾榛鸡吱吱叫着，丘鹬嘶哑地鸣叫求偶，鸽子发出各种咕咕的叫声，鸫啾啾地尖叫着，黄莺悦耳凄凉的叫声此起彼伏，长有花斑的布谷鸟呻吟着，羽毛各异的啄木鸟不停地敲击着树干，黑啄木鸟呼号着，松鸦、太平鸟吱吱叫着，林中的百灵、蜡嘴雀及各种各样无以计数的长着翅膀、会啁啾啼鸣的小生灵们不停地发出各种各样的叫声，充斥着整个空间，使安静的森林鲜活起来。鸟儿们在树枝上、树洞里筑巢、生蛋、哺育孩子。也正因如此，鸟儿们的天敌貂、松鼠和嗡嗡叫的野蜜蜂也在树洞里安顿下来，不停地窥伺着鸟儿们的一举一动。在树木众多的林子里野花、野草很少，因为树木密集，枝叶挡住了光线，林子里总是阴暗的，这对于靠阳光和温度来维持生命的花、草的生长非常不利。这里最常见的是齿状蕨类，叶子又绿又密实的铃兰，茎秆细长的紫罗兰，还有一团团红彤彤的成熟了的石生悬钩子。空气中散发着潮湿的蘑菇气味，这之中气味最浓烈的，在我看来特别好闻的是卷边乳菇的气味，它们总是一簇一簇地从腐烂的树叶下面冒出头来。

在这样的阔叶林里，常常会有熊、狼、野兔、貂和松鼠出没。提到松鼠，最常见的有两种：一种毛色微白，另一种全身纯白。不知为什么人们管前一种叫做“葫芦”，后一种叫做“飞鼠”。“飞鼠”的前爪和后爪都长有一层薄薄的皮蹼，皮蹼一伸开，就可以帮助它从一棵树上跳到另一棵树上，而且跳跃的距离非常远。有一次，当“飞鼠”飞一样地跳跃时，我朝半空中开了一枪，结果竟射死了在旁边飞行的一只鸟儿。同样，林子里也有凶猛的飞禽，它们将巢就筑在粗大的枝杈上，如各种隼、鹞、白尾鸟、红脚隼等等。有些地方树木密集，难以通行，在浓密的树荫下，世世代代繁衍着猫头鹰、鸮和长耳朵雕鸮，它们在深夜里凄惨古怪的叫声使一贯胆大的人也胆战心惊。民间把这种叫声看作林妖在大喊、大笑，这也没有什么可奇怪的。

要是你有机会驾车经过绿色的小树林和气味芬芳的林中草地，那么就有机会看见落在高处的红脚隼，在这里我要向各位谈一谈这种鸟。假如红脚隼的窝就在附近，那么通常它会尾随着驾车人，甚至步行的人在高空勇敢地兜着大圈子。在飞行时，红脚隼机警地注视着下面，留心是否有小鸟从马蹄下、人脚下惊起。一旦发现有小鸟飞出，它就会立刻闪电般地从高空扑向猎物。如果那个小家伙不能及时藏身到草丛里、树叶里或者灌木丛里的话，那红脚隼就会利用它那尖尖的爪子抓住猎物，然后拖到窝里给孩子们分享；如果它没能抓住猎物，它就会突然向上飞起，在空中划一个大弧形，再次搜寻，而小鸟若是再一次飞起来或是又有一只鸟飞起来时，红脚隼会再一次落下来。红脚隼在高空中的叫声和飞行的样子特别像隼。有时候，会有两只稍大一点儿的红脚隼——一雌一雄，也飞出来抓猎物，于是，这两个小家伙就会引得爱看与不爱看的观众高兴一阵子。你的注意力会不由自主地被这种体态不大、漂亮而又凶猛的鸟儿那迅速、矫捷的动作所吸引，令你的内心中产生一种既愉快又吃惊的情绪。奇怪的是，连那种最富怜悯心的人也不知为什么对红脚隼的猎物——不幸的鸟儿无动于衷！红脚隼捕猎鸟儿的过程是多么美妙、多么令人心动啊！以至于你会不由自主地希望我们的“猎人”多逮一些猎物。如果一只红脚隼顺利地抓住了一只小鸟的话，它会立即将猎物送到自己的孩子们那儿，而另一只红脚隼会留在原地，继续在空中盘旋，等待机会。常常是两只红脚隼几乎是同时各捉到一只鸟，这时它们就会带着猎物同时飞回。但只一小会儿，必然有一只红脚隼会再次回到原地。红脚隼是一种神秘的鸟，野外长大的红脚隼捕抓量惊人，而家养的却笨拙得什么也捉不到。我曾多次尝试去训练红脚隼、猎狗、猎鸟和刚会飞的小鸟。训练非常简单，只用三四天的时间小鸟就习惯了，甚至没有肉块做诱饵，它也会飞落到我手上。只要你一吹口哨，一挥手，只要红脚隼一看见猎人或者听见猎人的哨声——红脚隼就已经落在人手上了；如果猎人没有伸出手来，那么红脚隼就会落到猎人的肩上或头上，而活的猎物它都不会捉。这一点所有的猎人都知道，但一开始我却不相信，直到经过多次的实验证明完全是这么一回事儿后我才相信。用红脚隼做猎鸟去诱捕猎物的希望一个个落空后，我一般会将红脚隼放飞，久久地望着它在我的房子周围转来转去，久久地听着它似乎是“饿了”、“饿了”的凄惨的叫声。至于后来红脚隼是恢复了捕捉猎物的本能，还是饿死了——我就不知道了。

春汛时，河水溢了出来，人们管水边的树林和灌木丛叫做沿河阔叶林或沿河灌木丛。这里的树木和灌木是各种各样的，大、中河流两岸一般是沙质的土壤，这里生长的树木和灌木多半是榆树、黑杨、爆竹柳或者白杨，很少见到高大粗壮的橡树。稠李、花楸、榛子树和大棵的野蔷薇总是伴着它们生长。在春天开花的季节，周围会散发出刺鼻的香味。榆树长得不是很高，但很粗壮，波状纹理的树桩的圆周一般可达三俄丈长。它长得美丽而枝叶扶疏，椭圆形的，仿佛是轧上花纹的树叶子呈现出晦暗的浓重的绿色，非常美丽。但黑杨则不同，它长得特别高大、雄伟、枝繁叶茂；它那淡绿色的叶子很像山杨树的叶子，微风过处，细茎上的叶片晃动不止；它的树皮很厚却很轻柔，里面呈红色，可以用来制作各种小工艺品，更常用来编织渔网和系钓鱼竿。这种沿河的林子和灌木丛往往不会很密集，有一些春汛时形成的大大小小的湖泊夹杂在其中，这些水洼中生活着各种鱼类和水上野禽。在水洼边、河岸边的沙丘上和斜坡上，除了一些浆果树外，到处都长有大量的木莓果（有的地方叫黑莓果），这种植物的枝蔓柔软，长有匍匐茎和刺，因此，能够攀附到别的植物上，然后匍匐生长。从春汛开始，许多细细小小的白色小花就会挂满它的枝头，而到了秋天则长满蓝黑色或黑蓝色的果实，味道鲜美，从外形和大小上看，它很像大个儿的马林果。这样的沿河林地和灌木林非常好，因为高大的树木喜欢宽敞的空间，它们一般都生长得很稀疏，因此，放眼望去，这些树木所组成的风景真是雄伟壮丽。

另外一种沿河林和灌木林生长在连中等河流都算不上的河边。这种河流太小，但流速却很快，且流量大；河岸上的土质不像前面讲的那样贫瘠、沙化，而是肥沃的黑土地，上面绿意盎然，充满生机，那里很少见到榆树、橡树或是黑杨，而是桦树林、山杨树林和赤杨林的天下；那里，除了稠李和花楸外，还有许多种灌木，比如荚蒾、金银花、山楂树、杞柳、穗醋栗等等。这种沿河林地和灌木林地我特别喜欢。许多树木和大部分的柳丛中间都穿插着、交织着、缠绕着野葎草柔韧的嫩枝，一直到树梢。一开始野葎草长满像葡萄树叶一样绿色的叶子，接着便挂满了一串串葡萄一样的淡黄色、金黄色的球果，果实里面藏着许多小小的、圆圆的、味道苦涩的葎草籽。许多夜莺等善鸣的鸟类喜欢栖息在这种密集的绿色灌木丛中，其中夜莺的叫声是最响亮的。它们那时断时续的叫声日夜不停。太阳落山了，于是，轮到夜晚值班的夜莺替换下喊叫了一天的伙伴，接着鸣叫到天亮。在生机盎然、绿意正浓的灌木林中间，水声轻轻，夜晚充满了温暖和芳香的气息，只有这时夜莺的歌声才真正有了完全的意义和迷人的魅力……但是，当你走在大街上，在吵吵嚷嚷的人群中，在马车的吵闹和灰尘中或者是在闷热的房间里，若是听到这些夜莺的歌声，该会让你心烦意乱了。

在小河或小溪边，特别是在地势低洼的泥泞的土地上，河边林地和灌木丛一般是由单一的赤杨和柳丛组成，许多地方长满了芦苇，偶尔也能见到一些歪歪扭扭的既不怕潮湿又不怕干旱的白桦树。这些地方的树木、灌木生长得特别密集，而且土质泥泞，小湖泊很多，给沼泽地上和水上的各种野禽抚育下一代提供了方便的条件，于是各种大大小小的动物便会在这里找到安全的栖息地。

就是这样一片森林，这样一片我只是粗浅地、简单地描述过的森林，这样一片在炎热的天气里提供清凉的森林，这样一片鸟兽聚集的森林，这样一片我们来建筑家园和在漫漫寒冬用之取暖的森林——我们在很大程度上还没有去珍惜，去爱护。的确，我们这里森林资源丰富，但是，这些资源却导致了我们不停地浪费，而如此下去，离贫穷也就不远了。在我们这儿无缘无故地砍伐森林，被认为是很正常的事情。在一些盛产森林的省份，通过少数人的努力，森林才勉强得以保存，但是，在其他许多地方，曾经是森林密布，但现在却只剩下光秃秃的草原了。于是，干草代替了木材来取火。奥伦堡省的未来前景也可能是这样的。农民一向很残忍地对待成长中的树木，从不去利用那些被暴风雨毁坏的枯树枝，竟让其白白地腐烂掉，因为这种树往往又粗又重，在农民眼里，搬动这样的树木太不值得了，他们一般要砍那些幼树做木柴。将成年大树的枝杈和树梢砍下来做燃料，而光秃秃的树干则留在原地，任其干枯和腐烂，这就是农民每天在犯的错误。农民还认为在长满幼树苗，甚至灌木丛的地方割草或放牧牲畜都是完全没有必要的。这些还不算什么，更具有毁灭性的是加工草碱和焦油，制作草碱的主要原料是无毛榆、椴树和普通的榆树，人们用其烧制草木灰，为了眼前的利益，有时甚至连其他的树种也不顾惜。焦油是从桦树皮中提取的,也就是说得将白桦树的表皮剥下来。虽然剥一层桦树皮起初对树木本身并没有造成毁灭性的破坏,因为白桦树并不会因剥掉一层皮而突然死掉,并且如果剥的时候很小心谨慎的话,过十来年又会长出一层新皮,又可以再次被利用了,然而,雇来的工人会小心地剥桦树皮吗?再说,即便他们很小心地工作,桦树的成长也不可能完全不受到影响,白桦树会渐渐地干枯、死亡,不会活到它应有的树龄。

在整个植物王国中,树木是最具有代表性的,它展示了有机生命体的一切有形的变化过程。它体态庞大,成长缓慢,它健康长寿,它的躯干健壮、结实,尤其是它的根部能够吸尽所有土壤中的营养,随时准备让正在干枯的、濒于死亡的枝干复生,随时准备让嫩芽从已经死去了的树桩上再生。总之,它自身有许许多多的好处,以及它外在的美丽,都应该唤起人们对它的敬仰和同情……但是,斧头和锯是不懂得这些的,为了眼前的利益,人们手持锯、斧走向森林……不仅是一片被砍光的小树林,就连一棵大树,都让我的心不平静。大树倾倒时的样子会让人产生一种难以形容的忧伤。起初斧子有力而响亮的声音只是让树干轻微地震动,接着随着斧子不停地落下,树干震颤得越来越厉害,每一根树枝,每一片树叶都跟着颤动不止;当斧子砍到树心时,砍伐声变得沉闷而令人痛苦……最后,"咚"的一声——终于,树干动了,紧接着是嘣噼啪啪的断裂声，树梢骚动起来了，这时，大树就往哪个方向倒的问题，好像稍加思索了一下，终于决定了，大树倒下了，一开始是无声地、缓慢地，紧接着像是刮来一阵大风，“轰”的一声飞快地向地面倒去！……几十年才孕育出来的这样的一棵苍劲挺拔的大树，只几分钟内就毁灭了，而它的毁灭常常是人的毫无缘由的任性所造成的。

冯华英　王冰冰　译

树

〔俄罗斯〕普里什文

树根

太阳上山之前，但见明月悠悠，向西坠落——比昨天显得远多了，竟没有在融了冰的水面上倒映出来。

太阳时而露脸，时而被浮云遮住，你满以为："要下雨了。"然而始终不下。天却暖和了起来。

昨日热烘烘的阳光还没有把新结的冰融化净尽，留下两条薄薄的晶莹的冰带，如同宽宽的饰绦，镶在河的两岸；碧绿的流水泛起涟漪，惹动着那薄冰，发出像孩子往上扔石子的声音，又像有大群鸟儿唧唧喳喳地横空飞过。

水面有几处昨天留下的薄冰，好似夏天的品藻，红嘴鸥游过，留下了痕迹，从岸上孩子手中逃脱的野鼠跑过，却无半点塌陷。

举目望那整片浸水的草地上的仅有的一棵小树——我窗前的那棵榆树，只见所有的候鸟都栖身在那上头，有苍头燕雀、金翅雀、红胸鸲，我就频频联想到又一棵树，当年行役天涯的我，在那棵树上停下来，从此和它融为一体，它的根也就成了我长入故土的根。在像候鸟一般漂泊不定的生涯中，我就是这样在自己的根上站立起来的。

蛇麻草

一棵欹斜在漩涡上头的参天云杉枯死了，连树皮上的绿苔的长须都发黑了，萎缩了，脱落了。蛇麻草却看中了这棵云杉，在它身上愈爬愈高——当它爬高了的时候，它从高处看到了什么呢？自然界发生了什么呢？

树皮上的生命

去年，为了使森林采伐迹地上的一个地方便于辨认，我们砍折了一棵小白桦作为标记；那小白桦因此就靠了一条树皮危急地倒挂着。今年，我又寻到了那个所在，却惊讶不已：

那棵小白桦居然还长得青青郁郁,看来是那条树皮在给倒悬的树枝输送液汁呢。

瑞香

朋友刚离我而去,我环顾四周,目光落在一个被空的云杉球果穿满了孔的老树桩上。

啄木鸟在这儿操劳了一个冬天,树桩周围厚厚的一层云杉球果,都是它一冬中衔来,剥了壳吃了的。

从这层果壳下面,一支瑞香好容易钻到世界上来,争得了自由,盛开着小小的紫红花朵。这支春天最早开放的花儿的细茎,果然十分柔韧,不用小刀是几乎折不断的,不过也好像没有必要去折它:这种花远远闻去异香扑鼻,有如风信子,但移近鼻子,却有一股怪味,比狼的臊气还难闻。我望着它,心里好不奇怪,并从它身上想起了一些熟人:他们远远望去,丰姿英俊,近前一看,却同豺狼一般,其臭难闻。

树桩—蚂蚁窝

森林中有些老树桩, 像瑞士干酪似的浑身是小窟窿,却还牢牢地保持着原来的形状……但是如果坐到这种树桩上去,窟窿之间的平面一定会破碎,你在树桩上会感到稍稍陷落下去。当你感到有些陷下去了，就得赶快站起来，因为你身下这棵树桩的每一个窟窿中，会爬出成批成批的蚂蚁来，原来这虚有其表的多孔的树桩，却是个完整的蚂蚁窝。

森林的墓地

人们砍了一片树木去做柴火，不知为什么没有全部运走，这里那里留得一堆一堆，有些地方的柴堆，已经完全消失在繁生着宽大而鲜绿的叶子的小白杨树丛中或茂密的云杉树丛中了。熟悉森林生活的人，对于这种采伐迹地是最感兴趣不过的，因为森林即是一部天书，而采伐迹地是书中打开的一页。原来松树被砍掉以后，阳光照射进来，野草欣然茁长，又密又高，使得松树和云杉的种子不能发育成长。大耳的小杨树居然把野草战胜了，不顾一切地长得蓊蓊郁郁。待它们压服了野草，喜阴的小云杉树却又在它们下面成长起来，而且竟超过了它们，于是，云杉便照例更替松树。不过，这个采伐迹地上的是混合的森林，而最主要的，这里有一片片泥泞的苔藓——自从树林砍伐以后，那苔藓十分得意，生气勃勃哩。

就在这个采伐迹地上，现在可以看到森林的丰富多彩的全部生活：这里有结着天蓝色和红色果实的苔藓，有的苔藓是红的，有的是绿的，有像小星星一般的，也有大朵的，这里还有稀疏的点点的白地衣，并且夹有血红的越橘，还有矮矮的丛林。各处老树桩旁边，幼嫩的松树、云杉和白桦被树桩的暗黑的底色衬托出来，在阳光下显得耀眼生花。生活的蓬勃交替给人以愉快的希望。黑色的树桩，这些原先高入云霄的树木的裸露的坟墓，丝毫也不显得凄凉，哪里像人类墓地上的情景。

树木的死法各不相同。譬如白桦树，它是从内部腐烂的，你还一直把它的白树皮当作一棵树，其实里面早已是一堆朽物了。这种海绵似的木质，蓄满了水分，非常沉重：如果把这样的树推一下，一不小心，树梢倒下来，会打伤人，甚至砸死人。你常常可以看到白桦树桩，如同一个花球：树皮依然是白的，树脂很多，还不曾腐烂，仿佛是一个白衬领，而当中的朽木上，却长满了花朵和新的小树苗。至于云杉和松树，死了以后，都先像脱衣服一般把全身树皮一截一截脱掉，做堆儿归在树下。然后树梢坠落，树枝也断了，最后连树桩都要烂完。

如果有心细察锦毯一般的大地，无论哪个树桩的废墟都显得那么美丽如画，着实不亚于富丽堂皇的宫廷和宝塔的废墟。数不尽的花儿，蘑菇和蕨草匆匆地来弥补一度高大的树木的消殒。但是最先还是那大树在紧挨树桩的边上发出一棵小树来。鲜绿的、星斗一般的、带有密密麻麻褐色小锤子[1]的苔藓，急着去掩盖那从前曾把整棵树木支撑起来、现在却一

[1]指状如小锤子、戴有藓帽的子囊体。

截截横陈在地下的光秃的朽木;在那片苔藓上,常常有又大又红、状如碟子的蘑菇。而浅绿的蕨草,红色的草莓、越橘和淡蓝的黑莓,把废墟团团围了起来。酸果的藤蔓也是常见的,它们不知为什么老要爬过树桩去;你看那长着小巧的叶儿的细藤上,挂了好些红艳艳的果子,给树桩的废墟平添了许多诗情画意。

潘安荣　译

一个树木之家(外一篇)

[法国]列那尔

穿越过烈日照晒下的一片平原之后,我遇到了他们。

他们因为不爱喧闹,所以不住在大路边沿。他们居住在荒芜不毛的旷野,俯临一泓唯有飞鸟才知道的清泉。

远远望过去,他们仿佛密不透风,无法进入。但等我一走近,他们的树干就豁然分开。他们谨慎地欢迎我。我可以休息、纳凉,可是我仿佛觉得他们在注视我,对我并不放心。

他们聚族而居,最年长的在中间,幼小的,其中有些柔嫩的叶片才刚刚生起,到处都是,从不分离。

他们活得很长,不易死去,即使老死的还挺立着,直至化为灰烬倒地。

他们那些修长的枝柯互相抚摸,像盲人一样,以确信大家都在。每当狂风劲吹,想把他们连根拔起,他们就张拳怒目,挥动手臂。平时他们只是和睦地轻轻细语。

我感到这里才是我真正的家,兴许我将忘记我的另一个家吧。这些树木将会逐渐接纳我,而为了不负这份雅意,我学会了应当懂得的事:

我已经懂得凝望浮云。

我也懂得了守在原地不动。

我几乎学会了沉默。

虞美人

它们在麦田里闪烁生辉,好像一队小兵丁;它那壮丽无比的红色并不冒犯别人。

麦子,它们的剑是长穗。

风驱使它们奔驰, 但每一棵虞美人都停留在田垄边沿(如果它愿意驻留),跟它的同伴,蓝色的矢车菊一道。

徐知免　译

林中灌木(外一篇)

〔法国〕普鲁斯特

我们丝毫不畏惧不断为我们提供强身壮体的精华、镇静安神的芳香的滋补而又温和的林木贡品，从中我们可以学到很多东西。在和蔼可亲的田野里，我们度过了无数清新、寂静而又封闭的时辰。在这些炙热的下午，我们的视觉避开过分强烈的光线，来到诺曼底的一处“洼地”。那里挺立着婀娜多姿、高大茂密的山毛榉树，叉开的树叶犹如一道薄薄的抵御这光的海洋的陡峭河岸，仅仅留住了在灌木的沉寂中碰撞出优美旋律的几缕光线。我们并没有置身于海边、平原、山峰时向外界延伸的那种精神上的喜悦，而只有那种与外界隔膜的幸福；灌木在四周无法连根拔除的树桩的包围之中与树林齐头并进。我们仰天躺下，头枕干枯的树叶。在深沉的休息间歇，我们可以追随我们欢快轻捷的思想一直攀援到树枝高处，栖息在一只唱歌的鸟儿身旁而又不惊动树叶。周围是风和日丽的天空，阳光在树底下到处滞留，有时让树木沉浸在梦幻之中，为树枝末梢的叶子镀上一层金光。其余的一切轻快而又凝固，在阴暗的幸福中沉默不语。树木在树枝的大量祭品中亭亭玉立，悠闲安详，用这种奇特而又自然的姿态优雅地呢喃着，恳请我们同情这种古老而又幼稚的生活，它与我们的生活截然不同，仿佛那是取之不尽用之不竭、看不见摸不着的储藏。

一阵微风暂时破坏了树林闪光而又幽暗的静止状态，轻轻地摇曳着树林，平衡着树顶上的光线，挪动着树底下的阴影。

栗 树

我特别喜欢停留在被秋天染黄的大栗树下。我曾经在这些绿茵茵的神秘洞穴里花费了多少时辰，打量在我头顶上播洒清新和黑暗的那些淡金色的淙淙瀑布！我羡慕红喉雀和松鼠居住的树枝中这些脆弱而又深邃的绿色楼阁，二百年来，这些悬空的古老花园每年春天都覆盖着洁白清香的花朵。不知不觉低垂下来的树枝高贵地从树上伸向地面，犹如种植在树桩上顶端朝下的其他树木。稀疏的树叶淡淡的色彩又烘托出因为落叶而显得格外茁壮、格外黝黑的所有树枝;集中在树桩周围的树枝就像一把漂亮的梳子,留住了柔软而散乱的棕色毛发。

张小鲁 译

松树(外一篇)

〔法国〕克洛代尔

在大自然中,若是从典型意义来说,唯有松树挺立,与人一样。

不过人是凭着本身平衡而挺立,两臂顺体下垂,在其躯干之外;而树木则依靠自己的力量不断长高,它以全部根须紧紧附着大地,无数枝茎岔开,愈上升枝条愈细,一直到脆弱而敏感的松针;它在空气和阳光中寻觅支持,繁茂的枝柯不仅构成了它的姿势,而且还决定了它的主要动作和身量。

针叶类树木表现出一种独特性格。在这类树上所看到的不是它的许多树干的分枝,而是它们细长树茎上的关节。松树类树木枝柯匀称,互相交错,从主要图解上看它分级排列,成垂直切面。

松树在世界上各个不同地区有许多不同品种。最有趣的是我在日本研究过的这种松树。

这种树与其说它的木质坚硬，还不如说它的树干显示出一种肉质弹性。松树的硬皮包裹着肥厚的圆柱纤维层，在生长中纤维层不断膨胀，结果粗糙的硬皮鼓起，深深地迸裂开来，碎成无数五角形鳞片，渗出大量树胶，最后层层剥落。这部分组织非常柔软，可是一旦树茎受到外力猛烈冲击，或是周围有什么东西触及它，那么这些枝茎就凭着它本身的力量奋力抵抗，这些虬枝上镂刻着的重重纹路正是树木动人心魄的战斗的痕迹。

沿着东海道那条古老的充满悲剧意味的大路，我看见许多松树，它们一个个奋力在与猛烈的飓风顽强搏斗。太平洋那边刮来的风把它们压倒在地，偃伏下去，可那只是白费力气：松树的根紧抓住岩石嶙嶙的土地，不屈不挠地扭动着身躯，旋转不已，就像一个人用着全副力量支撑在整个关节上。它抗击着，肢体一会儿伸展，一会儿收缩，仿佛死死揪住对手，用全副臂力悬空撑起，魔鬼压住它，狠狠地打它，然而，它又重新挺直身子，站立起来。在沉沉暮霭中，我沿着这片气象万千的沙滩，检阅这一行行英雄行列，细细审视这个战役的全部历程。这边一棵已经翻倒在地，但它还是向天空伸出它的千百只手臂，巨大的画戟、盾牌和全副甲胄；那边一棵，遍体鳞伤，四肢残缺得就像被梁木猛击过一般，浑身断桩猬集，但仍然挥舞着它柔弱的枝柯，鏖战方酣；另外一棵，好像正用背部顶着那股狂风的推力，绷紧双腿，墩着坚强有力的身架，岸然不动；再走过去，那些偌大的树王，那些巨人，成群地挺直肌肉发达的腰干，用粗壮有力的双臂顶住袭击它们的喧嚷终朝的敌手。

我还要谈树叶。

如果审视那些喜爱松散的泥层和肥沃的土壤的植物，拿它们跟松树比较一番，就可以发现在它们身上有着四种特性：叶片比较大，扁平而早落，有正反两面，还有就是它们的簇叶都生长在垂直线共同点上，形成唯一的叶丛。而松树生长在布满石子的干燥土壤之中，它并不直接吸收赖以生存的各种元素，但需要比较强大、比较完全地消化，这是一种比较大的自身功能活动，而且可以说是依靠自身的个体活动。由于它不得不有节制地吸取水分，因此不能像萼一样，变得阔大。如我所见，这个萼叶簇分散，岔开。它不从叶片接受雨水，而是以其毛细管束沉浸在潮湿的氛围中，饱饱地吸收水分。所以，无论在什么季节，它对持续而细微的外界影响都很敏感，一年四季，松树总是披着常绿的针叶。

我因而以此来说明它在空中生活中化作鳞片的特性。松树把林木各种变化的框架赋予了和谐地区的轮廓，为了烘托出大自然的迷人光辉，在整体上它具有独特的点点叶簇：在太阳中一片蓝色海洋的光荣和威力上，在收获的庄稼上，在中断了的星座图或黎明，在天上。生长它的坡地从一片火红的杜鹃花丛一直倾斜到龙胆木的蓝色湖面，或是从宫城笔陡的高墙，直到绿莹莹的银白色运河：今晚，我望见富士山仿佛一个巨人，又仿佛是一位圣女端坐在无限光明之中，松树那黝暗的簇叶，纵横交错，在类似斑鸠的那种淡灰色泽的山峦中间。

椰子树

在我们故乡每一棵树都像人一样直立，岸然不动；根深深地没入泥土之中，它的手臂却直挺挺地伸向天空。而这里，神奇的槟榔树可从来不单个生长：它身上总是悬挂着不少果实，它掉过头来寻觅泥土那温暖的胸膛，不断繁衍，仿佛寺院本身。现在我只来谈谈椰子树吧。

它一点枝柯都没有，只是在树的顶端，高高耸起一簇棕榈叶。

棕榈叶是胜利的标志，它那硕大的幡顶钻上碧空，在阳光中舒展，在它自由的重量下不住晃动。在炎热而白昼漫长的季节，椰子树绽开了，怀着无限喜悦，叉开它的棕叶，枝叶扶疏，好像许多孩子的头紧紧依偎着椰子那又大又绿的脑袋。椰子树就是这样来表露它的心情的。因为丛生在下面的棕叶在整个开放时，总是倾倒而低垂，中间宽阔的叶片每一边都大大地张开，而上面的那些叶伞高高翘起，就好像什么人笨拙得手足无措似的，又像是一个人正缓慢地打着手势表示投降。叶柄并不是无法弯曲的木质的东西，它环节延生，宛如柔软而漫长的草茎，它服从大地的梦想，或者朝天空生长，要不就俯临湍急而浑浊的河流，或者伸向海面和空际，再从那高处，垂下它巨大的枝柯。

印度洋俨如雄狮，西南季候风鼓舞着它向陆地猛扑，波涛雷鸣似的高声吼叫，夜沿着结实的沙滩又回来了，这时我正从这堤岸上走过，沿岸棕叶遍地，像许多船体和动物的骸骨，我看见左边，在昏暗的天穹下面，这片茫茫的树林，像无数巨大的蜘蛛横七竖八地在熹微的空间里爬行。金星，像月亮那样沐浴在最纯净的光影中间，在海面洒下一片清辉。有棵椰子树，斜倚水面，而星星，像一个憔悴于爱情的人，仿佛要把他的心偎向天上的火花。当我离开这里回国之后，我将永远记得这个夜晚。我看见长发披拂的椰林，还有，越过这高高的椰林长廊，我看见天空中风暴像一座大山突兀而起，把它那巨大的脚搁在海上，在与地面平齐处，整个海洋呈现出一片蒙蒙的淡灰色。

锡兰[1]，我将永远记得你！记得你的浓荫和嘉果，记得你的那些长着柔眉秀目的人，光着身子在芒果肉色泽的路上走过，还记得人们牵曳着我，把细长的玫瑰色的花枝陈放在我

[1]锡兰，今斯里兰卡。

膝头上，当我热泪盈眶，饱含悲苦，咀嚼着一枚樟叶，在你多雨的天空下面踯躅的时候。

徐知免　译

菩提树

〔英国〕高尔斯华绥

一个六月的下午，我躺在靠近一棵大菩提树的堤岸上。蜜蜂在她修长、下垂的浅褐色花朵间忙碌；轻风吹拂着她所有的树叶，摇动着她的枝芽，把她的香气朝我吹来。我一边观赏她一边思考着古印度的艺术理论——按它的说法——树的外形对画家是无关宏旨的，要紧的是"树"这个概念，只有通过长时间聚精会神的冥思，才能悟出其中的道理而加以表现。有一阵我也试图对她静观思索，看看我是否能穿过她的绿叶扶疏的枝条而透视到她的精神；随后，如同西方人的头脑那样，我的思想不能集中了，一个接着一个地互相追逐，像我周围在青草尖尖的叶子和苜蓿的柔梢间掠过的浅黄色和蓝色的蝴蝶。

远处有几头红褐色的牛，它们也转移了我的注意力。再远处则是一抹荒原，山坡上有一堆石头，仿佛一个人的轮廓。但马上我的视线又转回菩提树。这时她波动不宁，风进入她的内心，她的感情一阵突然的起伏使人不禁对她注目。你看到那是蜜蜂成群飞来时表露的激情——一阵强烈的嗡嗡有声的旋动，好像她忽然由于活力和爱情而疯狂。不过很快这阵波动消失了，她又成为一棵芳香、优雅、绰约迷人的树。

"啊！"我想道："什么时候你愿意对我打开你的灵魂呢？当你是清凉芬芳，如现在这样，富有淡淡的魅力的时候，还是当你在风的怀抱中显得那么强劲活跃的时候，你才是那棵'本质的树'呢？什么时候我才会看到你的精神呢？"

我的思绪再度游离。这一次它们不像蝴蝶那样飞逐，而是懒洋洋地飘游，如同黑色的熊蜂在生地黄与紫色的野豌豆间浮动。慢慢地菩提树的香气似乎在周围聚集起来，封闭了我的感官，拿走了飞翔的沉思的全部力量，把我的头拽得更低更低，垂向草丛。那不可思议的冥蒙的状态——半睡半醒——这是生命中最甜美的时刻，这时你仍旧感到世界在你身边，可是由于梦幻的来临像月色那样朦胧，把我围裹在一种迷离恍惚的情状里。

蓦然间我看见靠近我——可是又被一道无形的空间隔离开来，她又轻柔又清凉地接触我的脸庞和手——躺着一个女人，琥珀色的长发垂在她胸前，垂在密密地生长在她周围的浅黄色的花上，有如水仙花一般。她的手指抓住一只大黑蜂靠近她的脖颈。她的身体，虽然差不多被那些高高的笔挺的鲜花所掩，显得是非常可爱的；但是她的面容才是这么奇妙甜美。她的脸蛋是个完美的椭圆形，那么温柔可亲，使你为之心跳。嘴唇带着淡淡的微笑，在弯弯的纤巧的眉毛下，她的眼睛看着我，这样光滑柔和，乌黑，露水般晶莹的眼睛是从来没有过的！在她四周无数最淡的粉红色与浅褐色花瓣纷纷飘落；但她的眼神不断悄悄地从落花间对着我注视。在她的一个嘴角有一个小小的褶缝或酒窝，仿佛一个孩子唇上可能带有的，如果有人跟她为难；她的一只耳朵紧靠着一株大毛茛花，被它的色彩所染，看上去像一个金色的贝壳。花瓣在飘落时为她的呼吸所吹拂，她吐出的气息仿佛我能看到，那是银色的，充满奇异的轻柔的音乐。

她的眼睛由于爱情而闪耀，我试图起身向她走去。可是我不能够；每次我失败时它们就呈露出那样的悲哀使我几乎要喊出来。然而不顾这种哀怨的神情，她的嘴唇继续保持微笑，她的身体整个在高高的、浅黄的、水仙般的鲜花中颤抖。那只抓住黑蜂靠近脖颈的手从未停止用一个指头敲打它，那只手指是这么苍白、修长、柔软，仿佛一道月光。

我想："她应该为男人所爱，那种爱情是男人从未向女人奉献过的！我终生寻觅的爱人就是她！"因为照我看来就是这样。

可是我越想起身朝她走过去我越是不能够。我觉得，只要我到达她身边，我纯粹会由于这一快乐而昏迷，再也不会复苏和恢复理性；即使如此，也是我所热烈渴望的。

在我这样观看和向往时，一只尾巴狭长的鸟儿，有点像杜鹃，疾飞下来，栖止在她赤裸的臂弯上，用它光亮的圆圆的眼睛盯着她的面孔看，好像要穿透进去。于是在我的内心一下产生强烈的妒忌，因为它靠她那么近而我却那么远。通过她色如珍珠的裸露的手臂，那轻轻的颤动似乎在爱抚这只小鸟，犹如她的月光般的手指爱抚那只接近她脖颈的蜜蜂。我看得很清楚，这两只小生命，这么贴近她的心房，是幸福的；我心中的妒忌越来越强，直到使我全力扑向她，但在我们之间那个一无所有的空间抗拒着我，我由于精疲力竭而后退。

接着我看到她举起爱抚蜜蜂的那只手指，她把它对自己弯曲，同时向我顾盼，在她的嘴唇上呈露出一切微笑中最甜美的最奇异的微笑。看到她的微笑我于是拼命跟那冰凉光滑的一无所有的空间挣扎，与此同时我看到她哆嗦，扭动，好像她也想朝我走过来。她的胸脯起伏，她的眼睛变得更深沉，更漆黑，它们充满闪光的泪水，似乎在恳求我。我试图对她呼喊："我来了！"但是这些话被那冰凉光滑的空间压回我的嘴唇内，渐渐我看到她的眼睛变得哀伤而暗淡无神，她的肢体停止颤抖。于是使出我从没想到会有的一股强劲的力量对付那无形的触摸不着的障碍，我一点一点地向前爬行。当我越来越靠近她时，我看到她的眼睛又有了生气，开始发出温暖可爱的光焰，好像阳光穿过浅紫红色的蜂蜜或燃烧的醇酒。颤动穿过她的肢体，她一头卷发朝我飘过来，她的脸上流露出一种人从来没有见过的爱恋。那只硕大的黑蜂也离开了她的脖颈，平稳地飞翔在离它不到一寸的距离之内，从它的双翼发出最轻微的只能想象得到的嗡嗡声。甚至那只在她手臂上的鸟儿，毫不畏惧地，把它的头对着我抬起又低下，用它乌黑柔和的眼睛死盯住我的面孔，仿佛知道这是我胜利的时刻。我向她伸出我的臂膀，在触及她时，她笑了。人听到过的声音再没有比那笑声更温柔的。她的头发扭到我的嘴唇，一股幽香使我透不过气来。我沉入一片美妙的黑暗，丧失对一切的感觉，好像我已被淹没……

一朵被蜜蜂和风碰落的菩提树花飘过我的嘴唇，它的馨香透进我的鼻孔。在我面前什么也没有，除开田野和荒原，近旁，是菩提树。我对她观望。她似乎离我遥远，冷若冰霜的美，她披着苍翠的花枝招展的盛装，庄重而拘谨，但不管这些，我知道在我的梦境里我看到并接触到她的灵魂。

倪庆饩　译

阿尔卑斯山中的枞树林

〔法国〕米什莱

环绕在我面前的这个湖还不是那个狭长的、诸峰屏拱、波涛汹涌的玉丽湖❶。不过遍地的枞树林提醒你对于季节可不能掉以轻心，它告诉人们这里是一个寒冷的地方。许多东西都包含着某种生野、粗犷的意味。冬季的烈风从南方吹来。对岸在我面前，昏暗的比拉特山巍然壁立，这座山巉崖嶙峋，峰峦如削，侧翼作黧黑色；十里之外，雪白的圣母峰和银顶❷遥遥可望。

这里很美，也很凉爽，一般到了九月气候已渐寒冷。你会感觉到高天滚滚，恍若万顷波涛倒悬其间，寒冽逼人。这是一

❶瑞士四州湖延至阿尔道夫南端的一部分，叫玉丽湖。

❷圣母峰是阿尔卑斯山脉靠近伯尔尼的山峰，高4181米，山在此湖西南。

个大水库，欧洲所有的主要河流都发源于此。圣·戈达高原[1]绵亘达十法里，其水流一支注入罗讷河，另一支引至莱茵，还有一支蜿蜒为勒斯河，复向南流，称塔善河[2]。谁也看不到这个水库，即使远远望见也只是个侧影，但是人们感觉到它的存在。你要水吗？那就来这儿吧。喝吧，这个大杯子可以供千万人畅饮，浮一大白。

为了显示那进不去的地区，每一山脉都从它的冰川喷射出一股凝练、静谧、澄碧的激流，它进入广阔的湖中，化作清波，几道湛蓝的水，引出大河，浩浩荡荡，把阿尔卑斯山的灵魂送往各处。冰川的宝藏常年如新，这一片浩淼蒸发出多少烟雾，弥漫、升腾于群山之间。

远方的景致如此和谐，这许多湖和它们急湍的河流都映现出重峦叠翠的山峰，凝望积雪皑皑，云蒸霞蔚。

固定和流动。迅疾，永恒。

雪覆盖着无数碧绿的树木。从夏天起就令人预感到冬天。

人们享受着这一切。明知不会享受多久，但是内心仍然为这一如此严肃、如此纯洁的世界颤动不已。

这地方少长咸宜。老者居此更加结实，与大自然结合，无

---

❶阿尔卑斯山最大的高山区域，在意大利、瑞士交界处，最高峰达3226米。

❷罗讷河流经瑞士和法国；莱茵河流贯欧洲西北部；勒斯河在瑞士，流入四州湖；塔善河是瑞士与意大利之间的一条河流。

忧无虑地向巨大的山影致意；而那些绿鬓少年，他们在这儿感受的只是曙光和黎明，享有的只是充满宗教温馨的喜悦：大自然把最柔和的宇宙的灵魂给了它最幼小的孩子。

我们最喜欢的散步场所和我们的工作室是塞比崖后面、一个略略高于湖面的小枞树林。这林子有两条路径可达，途中唯见湖水灿烂如镜，四州风物映现其间，光艳夺目。由此向卢赛恩远望，没有一处景色比这里更美、更肃穆、更庄严了。在另外一边，可以饱览圣·哥达山千堆青黛。但是我们只要向前迈进一步，这种光辉伟大顿时在我们的枞树林下结束。人们简直会以为到了世界尽头。光辉黯淡，尘嚣消敛，连生命仿佛均已绝迹。

这就是我们最先见到的这些树林的一般印象。其次，一切都起了变化。枞树强加在别的植物（它们想在它的树荫下面长大）身上的窒息感觉或者至少是那种从属关系却使这树林内部明亮起来。当眼睛已经习惯于这种昏暗的微弱光线时，人们再看远处就更加清楚了，现在人们把森林中的一切障碍你的错综复杂情景观察得纤毫毕现。

在森林许多崇高而阴森的巨柱（简直像个寺庙）下面呈现出来的，首先是死亡的景象，不过这是一种不会令人悲伤的死，一种经过装饰、美化而丰赡的死，这正是大自然时常赐给植物的那种死亡。每走一步，就可以看见遍地都是尚未连根拔起的、断裂的树干，沾满了软绵绵的苍苔，仿佛披着一身斑斓无比的绿天鹅绒，它们时时刻刻变幻着形象，浮光点点，映日生辉。

然而可爱的生活在哪儿呢？我们的耳朵已经习惯了，听得出也猜得出来。我说不是那山雀的啁啾，啄木鸟奇怪的笑声(它们是这里真正的主人)。我想到的是另外一群，树林里的禽鸟时常跟它们交手打斗。你听，一阵巨大的嗡嗡的声音，响得足以盖过汩汩流淌的小溪，这是告诉我们，有一群马蜂飞到林子里来了。我们已经看见了它们的营寨，从那里飞出不少，跟随着我们，侦察我们的行动，显得有点来者不善。

在马蜂不常光临的地方，可以听到一些轻微而低沉的响声，仿佛来自许多树木内部。这是树的精灵，还是山林女神❶？不，恰恰相反：这是树木的神秘的仇敌，一群魔鬼。它们沿着树干的脉络，蛀蚀出无数路径和河道，修筑起它们的走廊。在一棵树里面往往差不多就住着十万棘胫小蠹(这就是它们的名字)。松树在它们日夜啮食下全成了玲珑剔透的镂空花边。从外表上看毫无损伤，其实生命已逝，剩下的只是幽灵罢了。

在这里面，一个植物，一个动物，两个生命在鏖战，真听得见吗？实在说不准。有时也许是人弄错了。

在这并不寂静的寂静中，我不知道谁曾对我们说过死一般的森林是生气蓬勃的，仿佛要说话。我们满怀着希望走进去，相信准能找到。我们深深感觉到一个伟大的复杂多样的

---

❶古代希腊人认为在每一棵树里都住着一个神。

灵魂将对我们好奇的心灵作出回答。在这瑰丽的暮霭中，她[1]手里拿着一根小棍走到我面前，问讯黝暗的森林，又好像在寻觅那黄金的枝柯。

徐知免　译

[1]指米什莱夫人。

会说话的树

〔黎巴嫩〕艾·雷哈尼

在美国加利福尼亚的密林中，有许多参天古木。其粗大，其久远，都胜过黎巴嫩杉[1]。有的巨树树干竟被凿穿成洞，车辆可以从中通行，难道这一点还不足以证明它们是多么惊人的粗大！要说古老，其证明莫过于在那片森林中有些树干竟有些石化。但是作为世界奇观的加利福尼亚的树木，它们也不过就是一些庞然大物，既没有什么奥秘引人探索，也没有什么意义供人叙述。它们确是大，确是老，然而却又聋又哑又不会生育；它们没有故事，也没有历史；没有一位先知在它们的阴影下生活过，也没有一位诗人对他们动过情、吟过诗。它们当年荫庇的只不过是原始人和林中兽，而他们却没有什么

[1] 杉树是黎巴嫩的国树。

思想和情感播种在这些树木的四周。这些树木的巨大纯粹是物质的，它们的声誉所至，仅限本国土地，知其者也不过是些学者、游客而已。

而杉树和其他一些树，如穆斯林心目中的酸枣树[1]、佛教徒心目中的菩提树[2]，其中自有一种尊贵、伟大之处，这种尊贵、伟大是无形的，绝非物质。那杉树有一种声音，永不消逝，纵然树本身会死去。杉树是一种会说话的树，它，会将历史的秘密，还有人类心灵的秘密宣扬、倾诉。

你瞧！这些树竟有这样崇高的地位，以至于它们越粗大越古老就越壮丽，这究竟是何道理？人类把自己一些心灵和希望同泥土、阳光、水和空气混合在一起，这一切岂能是徒劳无益？

是什么使我们在杉树枝叶的窸窣中仿佛听到了历史的声音？在这些树的灵魂与那些诗人、信徒的灵魂之间究竟有什么神秘的关系？我并非在此故弄玄虚。我仿佛觉得信仰园圃中的一粒种子、爱的源泉中的一滴水，从人的手中、心里落到这种树的根旁，于是与它混合在一起，化为它的枝，成长；化为它的花，开放；化为它的果，结实；化为它的树脂，变成香烟袅袅升腾于天际。

---

❶伊斯兰教认为“在极境的酸枣树旁，那里有归宿的乐园”（《古兰经》53章14、15节）。

❷根据佛教传说，佛陀在印度菩提迦耶地方一棵菩提树下坐禅而证得觉悟成佛，故菩提树常为佛教象征。

爱将永世长存。那些受先知和诗人钟爱的树木具有永恒、崇高的灵魂。黎巴嫩杉正是这类树。它们与世长存，一派生机，它会说话，述说着大自然与人生的奥秘；它蕴涵着神性，也赋有人类精神方面的品质。

仲跻昆　译

故乡的小白桦

[俄罗斯]阿斯塔菲耶夫

有一次我病倒了，发给了我一张去南方疗养院的疗养证，而我这个人从来没有到过南方。大家对我说，在南方的海滨，什么病都会很快痊愈。但是，病人的日子不好过，不论在哪里都难熬，甚至是在南国阳光照耀下的海滨。这一点我很快就确信无疑了。

最初一段时间里，我好似一个发现者，欣喜若狂地在滨海大道上游逛，漫步在滨海公园里，置身于无所事事的人群之中，人们的脸上故意装出愉快的样子，无目的地拥向什么地方。那时候，没有什么事情会惹我烦恼。许许多多的人共同表现出来的那种无为状态，大海索然寡味的浪花声，精心侍弄过的一个个花坛，被剪得过于短的一束束玫瑰花，还有从远处海洋企业飞来此地要把假期过得红红火火、一定要花掉大把金钱的外省女士和穿肥腿裤的男士们。这一切都没有搅扰我的神经。

过了一周之后，我在这里便开始感觉到好像缺少些什么。我孤独、寂寞。于是我在城里和公园里四处寻找。我在追寻什么，自己也不知道。

我一连几个小时观赏大海，试图获得宁静、心灵充实、理性和美好。艺术家、流浪汉、水手们总会在大海的寥廓中觅得这些东西。

海在喧嚣，不停顿地、匀整地喧嚣着，它搅得我更加忧愁。从疲惫不堪的海的粗声呼吸中听到了老者的伤悲。泛着白泡沫的海浪一个接着一个冲击岸上的石块，仿佛是在历数逝去的岁月。大海见过世面，大海仿佛银白眉毛的老者阅历很深，所以它才忧伤多于快乐。

不过有人说，每个人看到大海都会喜欢它，只不过各自喜爱的方式不同。也许确实如此。

滨海公园里生长着从各地收集来的树木和小灌木。这里有非洲运来的树，宽大的叶子闪着热带的光泽。榕树在这里是观赏树，而过去我以为它们只被莳养在俄罗斯农家的大木桶里。法国梧桐树和山毛榉，这些在东方颂诗中被赞美过的树木，把悬垂着的有刚毛的种子球掉落在干净的小路上。刺山柑，神秘而又深沉，不论白日黑夜，总是不声不响，沉默得令人费解。木兰开着贞洁的花朵，看上去像是舞台上摆放的假花。

还有棕榈树。许许多多的棕榈树。

有的棕榈树躯干矮小，有的高大伟岸，羽状的叶子向四面伸展，酷似当代青年的新奇发式。棕榈树杈里栖息着一群麻雀，它们唧唧喳喳地吵闹不休，活脱脱是公用住宅里的住户，总是对一切都不满意，即使是在合作住宅里或者在天国的棕榈树上营造一个安乐窝也仍然如此。低处，有灌木丛，密密层层地生长着，它们隐藏在树丛中间，剪刀修剪过的灌木已经失去了生机，不再能够繁衍后代。灌木丛中夹杂着一些弯弯曲曲的矮生小树，它们的叶子细长而且松软，像丝绒一样。它们妩媚柔顺，喁喁低语，使人联想到恰似神奇的阿拉伯土地上的娴静美女。

各种灌木、树木，这些外来的植物，我说不清它们的名称，它们只能令我惊异，却不能带给我愉悦。倘若在梦游遥远世界，渴望走遍他乡的年龄发现和看到这些植物该有多么美好！然而在那时，我们的梦境、我们的理想全然不是这一切，不是遍游远方的国度，而是考虑如何在20世纪文明强盗的进犯之下捍卫自己的江山社稷。

我在滨海公园里毫无目的地漫游，东看西看，乐此而不倦。忽然，在这些异邦的树木中间我看到了三棵有儿童手腕粗细的小白桦树。我不敢相信自己的眼睛。这里白桦树不能成活。但现在，它们就挺立在林边草地上，在茂密柔软的草丛之中，低垂着枝叶。在我们那里的森林中，白桦树如果单个儿生长，也像是一个个孤儿，而在这里小白桦根本不吸引人们的注意力，它的树皮不簌簌作响，它的树叶不轻声细语，但是我仍然目不转睛地注视着它们。桦树白色和杂色相间的树干绚丽而鲜明，好似一只只快乐的喜鹊，略带齿状的叶子一片片娇绿，令人喜爱，被外国来的植物耀眼的光亮刺激过之后，现在眼睛觉得清净舒服多了。

花工大度地给这几棵小白桦树一席之地，这个公园里地方很拥挤，总是会有什么植物被冷落，被挤到角落上去，被窒息。花工经常给小白桦树洒水，害怕它们经受不住南方暴日的烤晒而枯死。

这些小白桦树是连同草根一起装上轮船运来的，给它们浇透了水，精心侍弄它们，它们终于在这里成活了。可是白桦树叶依旧还是面向北方，树冠也是……

我凝视着这几株白桦树，看到了农村的街道。大门上的挡板、窗子的贴脸板，都淹没在白桦树叶的绿色泡沫之中。甚至连小伙子的便帽后面也插上了桦树枝。姑娘们去提水，他们尾随其后，把自己手中的桦树枝扔在姑娘的水桶里。姑娘们小心翼翼地不让水桶里的水溅出来：如果水洒出来，那将预示着幸福也随之流出！桶里的水很长时间散发出桦树叶的香味。门廊和门斗的地板上铺上了蕨类的新枝。原始针叶林的树叶充实而且饱满。家家户户都弥漫着它的气味。这一天是圣灵降临节，人们带着茶炊，拉着手风琴到村外去游乐。

人们庆祝夏之将至。

过后不久，人们把一车车桦树枝卸到木板棚里。老奶奶坐在绿叶丛中捆着笤帚。只能看见老人的头。老奶奶面容安详，她甚至还哼起了小曲。她的严厉、她的忧虑和惶惑似乎都沉没在桦树叶中不见了。这些树叶刚刚开始萎蔫，也许正因为如此它才更加清香宜人。

人们把桦树条送到阁楼上和板棚里，成双成对地悬挂在杆子上、横梁上——哪里能够经得住，就挂在哪里。整个冬天，阁楼上和板棚里香气飘溢，像是夏天一样。所以我们这些小孩子们都愿意在那里玩耍。麻雀出于同样的理由也飞到那里，它们钻进桦树笤帚里过夜，从来不吵吵闹闹。

桦树笤帚为人们效力一个冬天：洗蒸汽浴时，用它们抽打皮肤，让人出透汗液，从严实的骨头缝里驱走伤痛和疾病。身体欠佳的男子汉和虚弱的老人们戴上帽子、手套，以防出来时受寒。他们一洗就是几个小时，有时竟然休克过去，没有福分和力气领略甜蜜的倦怠，经历心灵和肉体的青春复苏。农村的少妇把这些马马虎虎穿起衬衣裤的人拖出澡塘，急促地戳着公爹或者丈夫的后脖梗儿，借机出一出昔日的怨气。

太好了，白桦树的味道美极了。

张大本　陈淑贤　译

郡上的南天竹

〔日本〕水上勉

由后美浓的郡上八幡往东走，大约进山一里路的光景，有个安久田村。这村子如同坐落在石臼的底上，四周环绕着高山，村子里只有三十来户人家。道路盘环在山上，俯视下去，村子如同被风吹落到谷底的毛栗子似的，它们聚到一处，卷成一团。这是个孤村，这里没有医生，没有派出所，也没有寺庙。关于村民的来历，有各种传说，有的说是平家败将的后代，有的说是源氏败将的后代。村民们利用由谷底向上缓慢倾斜的山坡，造成梯田，种植蔬菜谋生。由于雨水很多，土壤常常流失，所以他们整年都要弯着腰，用短小的锄头不住地朝上推土，这就是男人们的工作。有的地方为了防止土壤的下滑，筑起了整齐的石堰。由于石堰修在又高又陡的斜面上，所以每遇暴风骤雨，就一起冲跑了，水冲洗过的山顶只留下岩石，那些岩石之间散落着一块块的土窝窝。就在这里，不知什么缘故长起了数以万计的野生南天竹，真是美极了。南天竹结出红色果实落入土中，年年发芽成苗，渐渐盖满了山坡。究竟从何时起这里长出了南天竹呢？村里的人们也觉得奇怪。每年有越来越多的妇女采下带根的南天竹，贩运到歧阜、大垣一带的城镇，是住户和寺院正月的年花。

我访问这个被人遗忘的偏僻山村，已是很久以前的事了。起因是我去歧阜拜访一户人家，就在他家的壁龛里看到了花瓶中插着结了大串果实的美丽的南天竹。听主人说，那是从卖竹姑娘手里买来的。姑娘们来自遥远的后美浓山村。主人还提道："每年一交冷，她们就背了篓子来卖。郡上的南天竹果实极大，地势通风好，所以早熟，形状也美观。有根的就栽在花盆里观赏。"说完，他指着两三棵盆栽的南天竹给我看，每棵的竹干都粗壮而弯曲，枝叶和根部生机盎然，确是美不可言的珍品。尤其那果大色红的，更为光彩艳丽。我不禁对那些从后美浓背来这些带根南天竹的少女们产生了好奇心。

大概是在十二月底，我访问了安久田村。由山上的县营公路走上通往村子的险峻羊肠小道，脚下已到处是南天竹了。隐藏在叶下的大串红果上，寒鸦成群，唧唧齐鸣。这羊肠险径是下到村子的唯一通道。因为坡陡，小道在石臼的缘上盘环了一周，才到达村里。由谷底向上望去，山脚处整齐地排列着一方方石堰围成的菜田，层层叠叠的山坡，变成了南天果覆盖的红色宫墙。天空显得又小又圆，宛如头上顶着一片树叶似的。

向导告诉我说："太阳一天只照五个小时左右，村子潮湿得厉害。"的确，这些为了避风而聚集到山背面的房屋，家家围在孟宗竹丛中，相当阴暗。不过，现在正是南天竹果实累累的季节，用双筒望远镜看去，四周的山顶都如同红花怒放一样，绿红相间，色彩斑斓。

秋收一过，农家有了空闲，年轻的姑娘和媳妇们就上山了。她们把嫩小的南天竹小心地连根拔起，一株株地包上竹皮，然后放进背篓，翻山越岭运往他乡。一个住在八幡的人曾对我说："她们为了去卖南天竹，踏着雨雪泥泞的山路，来到火车站所在地郡上八幡。看到这些女人的行列，有时真是催人泪下。"是啊，如果不用野生的南天竹去换钱，这些姑娘是无法生活的。姑娘们卖竹的地点是岐阜市大垣、名古屋等遥远的地方。在火车上要摇晃三个多小时。她们把竹子送到市里的花店或直接卖给一些老主顾——商店及财主家。等到卖完这些竹子，空着篓沿着山路归来时，已是黄昏时候。夜晚至家，姑娘们的头巾上挂满了冰冷的雪水。

据说南天竹开花是在六月，但是村里人说："还是十一月到严冬时期的山景最为秀丽，这是大串果实成熟的时期嘛。"我记得在故乡的院子里，有一棵三米来高的南天竹，京都的寺院里也到处长着茂密、粗壮的南天。但它们都是悄然隐身在厨房背后或僧房后面的石盆旁边。相比之下，山上南天竹的绚丽壮观则是迥然不同了。我有生以来第一次见到如此宏伟的风光。成堆的南天果实一时大量汇集到村内。候鸟啼鸣着，像雪片似的飞入红果绿叶的海洋之中。种子长成的新苗年年增加，不管姑娘们连根拔下多少，南天竹永远不会绝种。这是大自然的恩惠，贫穷的人们感谢大自然的赐予，并把它当作生命的食粮，他们的这种形象是十分美丽的。

我走进一户人家，主人给我看了纸包着的白色干果，说这是干南天，是一种治疗感冒的药，对百日咳、哮喘有特效。村民把它煎成汤来服用。

村里人说，粗的竹子甚至可以做壁龛的柱子，不过都长在危险的地方，无法采伐。

做柱子或其他建筑材料的南天竹，一定是相当粗大的，可是抬眼望去，只有悬崖陡壁上才有那样的粗竹。据说必须像猴子那样爬上峭壁，冒着危险，才能砍下来。这样的活计女人们是无能为力的，所以她们只把长在山腰的岩石间的形状美观的竹子，一棵棵小心翼翼地连根拔下来。

我如愿以偿，得到了两棵拇指粗的矮干南天竹，然后由郡上八幡乘上了火车，带回东京后便立即把它栽到院子的一角。今年已经是第六个年头了。我去后美浓那个时候，还没有新干线，途中所需时间很长。记得在车里还不断地洒水润湿它。在郡上嶙峋的岩石中扎根生长的小小南天，移到世田谷[1]的院内土地上，似乎有点不服水土，长得无精打采。不过如今确已牢牢地扎下了根，两棵都还活着，我甚觉欣慰。

说来真有些不可思议，在我家院子的一角，每到季节就开出恬静的白花，不久便结出鲜红的果实。由于红果总是在寒冬出现，所以每当看到这两棵默默无语的南天竹，脑海中就会浮现出卖竹姑娘的身影。她们朝着城楼高耸的郡上八幡市，沿着险恶的山路，成群结队地走下来。姑娘们身穿蓝地白花纹的布衣和同样花纹的灯笼裤，手上戴着无指手套，腿上扎着裹腿。年轻媳妇的头上包着布手巾，姑娘们用薄围巾扎起头发。她们背上的篓子里装满用竹皮捆住根部的南天竹。雨雪打在她们头上、背上。冬来甚早的后美浓的卖竹少女啊，祝愿你们健康，我要为你们祈祷。

古人说："花木无语却有情，此情唯有花木知。"我家院内的一丛郡上南天，总是让我嗅到那卖竹少女们的芳香。

庞春兰　译

---

[1]世田谷是东京市的一个区名。

墨西哥素描

〔智利〕米斯特拉尔

巨人柱[1]

巨人柱宛如贫瘠的呐喊，旱地上充满渴望的语言。即使处在灌溉区的平原上，他也是郁郁寡欢的植物，固执的沉稳宛似痛苦的凝思。

大蜡烛般宛若直臂的形体，使他有了人性。当他孤独地挺立着，俨然是个在平原上修炼的瘦骨如柴的苦行者。身体四个侧面上的沟痕使他显得更加完美和谐。

巨人柱并非幸运的植物——例如翠竹或白杨，他们的枝

---

[1]巨人柱是墨西哥常见的一种巨型仙人掌，高达十几米，其形如柱。它的名字在原文中有"管风琴"之意，也是针对其形状而言。

叶是“大地的欢笑”。他没有天生会颤动的鲜活的树叶，也没有适合小鸟筑巢的三角形枝杈的温馨。

由于酷热，他那暗绿的颜色，在顶端略显发白。他的果实就是殷红的碧达雅。

巨人柱离群索居，甘于冷漠，孤寂地面对白云嬉戏的天空。

当他单独耸立时，颇为高贵；而排成长长的篱笆时，便显丑陋，带着几分家仆的悲哀并被路上的尘埃染上了些许白色。

想到他的奉献精神便使我对他满怀亲切之情。他守卫着印第安人的果园，那古老的阿斯特卡人的家产。他们簇拥着排成小小的方阵，为这不幸的种族守卫着小块土地，可从前这些人是整个大地的主人，而现在，他们几乎只剩下太阳，那是他们昔日的上帝，还有就是阵阵的清风，那是羽蛇[1]的气息。

顽强的巨人柱，坚忍的巨人柱，捍卫你们那古老的印第安兄弟吧！他们是那样温和，连敌人也不会去伤害，他们像你们一样孤独地挺立在山坡上。

龙舌兰

龙舌兰犹如大地的叹息，长吁一口，一道宽宽的垄沟。阔

[1] 羽蛇是墨西哥阿斯特卡人信奉的神，是天地合一的象征。

大叶片和锋利的尖端表明他浑身充满了力量。

我常把植物看作大地的情感：雏菊是她纯真的梦幻；茉莉是她追求完美的强烈愿望；龙舌兰则是刚毅的诗句，英雄的篇章。

他们出生成长在地表，脸贴脸地长在沟垄上，而不像巨人柱那样挺直向上；他伸向四周，以孝子之情抚摩着垄土。

龙舌兰缺少下部的茎，那本是植物的精髓，使其更像是空中而不是大地的宠儿并使其具有女性理想的秀颈。她全身犹如一盏坚实有力的酒杯，盛得下整个原野一夜的露水。

酷热使她没有野草那惹人喜爱的嫩绿。她那青紫色，到傍晚时分就显得更加浓郁。因此墨西哥风景中占主导地位的便是这龙舌兰种植园所形成的紫色斑块，宛似远山倾泻下来的紫罗兰。

龙舌兰对印第安人，犹如枣椰树对阿拉伯人，具有多种品德。宽阔的叶片可盖屋顶；纤维有两种用途：坚硬的纤维可编织成印第安人背在背上的蜜色网具，也可编成结实的绳索；而那柔软的纤维便是人造丝。

还有，龙舌兰心脏上的“伤口”涌出的“蜜水”[1]，会凝结成冰糖。但是印第安人很不幸，正如巴斯卡尔[2]所说：“他们需要

---

[1]砍去龙舌兰的嫩芯，挖一个洞，那里便源源不断地涌出汁液，味甘甜，称为蜜水，可做饮料，也可酿酒。

[2]巴斯卡尔(1623—1662)，法国著名哲学家、作家。

忘掉自己的不幸。"正是那无辜的汁液变成魔鬼般的饮料，给他们以虚假的快乐，在他们的内脏激起狂热，使他们在同一种冲动中去爱恋或厮杀。

墨西哥的龙舌兰，不要把隐藏在你心中的痴迷赋予可怜的阿斯特卡或玛雅印第安人，而要为他们提供千百张阔叶，为他们搭成慈母般的屋檐；要为他们的船只提供缆绳和风帆，让这些船只运去当地的物产，给异乡人带去富足。

当人们航行在太平洋上，去征服世界市场的时候，请你把优质纤维的柔情带给女子，让她们亲手编织嫁衣。不要再把五百年来被奴役的苦楚带在途中，也不要再把被征服的忧伤挂在脸上。

王椰树

王椰树比其他植物更直率地追求太阳：在阳光照耀下，比任何树木都更加陶醉。没有任何树干像她那样，绝妙地裸露着的树干沐浴着光明，中午时分，宛如一支沾满炽热花粉的巨大雌蕊。

王椰树有如一只酒杯，那种秀颈颀长、顶端仅仅是个小小的水晶裂口的威尼斯酒杯。枝叶在高处形成宽阔的树冠，完美而又多情。风，在她那里快乐地听着自己的声音。有时，羽状的树叶相互撞击，声音短促，宛似发自坚实有力、优雅可爱的船帆；有时，在清风中，像是数不尽的欢笑；有时，又充满妇人的窃窃私语，女性群体的悄悄话……当风儿静止时，王椰树微微摇摆，好像母亲在轻轻地摇晃婴儿(因为高高的树冠全然像母亲的怀抱一样)。

植物的一切形态都有人性。白杨象征着渴望；白蜡树和圣栎树宛似波阿斯和亚伯拉罕[1]式的族长，枝繁叶茂，从那里派生出了许多植物的家族。王椰树的名字恰如其分，是从大地上耸立起的最纯洁的形象，是风景浮雕中最完美的杰作。

这热带无比湛蓝的天空伸展开来，仿佛只是为了充分描绘王椰树的优雅，只是为了使她那王者风范的线条更加清晰。

其他树木不该伫立在她的身旁，即便是松树，在她身旁也显得有失风度，连那圣洁的南美杉也要略逊一筹。还应当清除她四周的灌木，因为它们会挡住视线，使人看不到那么高贵的树干如何拔地而起。

人们常常无礼地把王椰树种植在谷地和山坡；她应该生长在平地和高原，好让她统领周围的景色，好让她那柔软的脖颈畅饮阳光。

且不提她的果实，有她馈赠于我们的蓝天下的身姿足

---

[1]波阿斯和亚伯拉罕均为《圣经》中的人物，波阿斯是伯利恒人，是大卫王的祖父，亚伯拉罕被视为阿拉伯人的祖先。

矣。这圣洁的树，为报答她所占据的空间和饮用的清水，便向我们回报了午后的荫凉，让我们坐在树下听她高声吟唱，愉快地观赏着黄昏中在王椰树后面渐渐变得苍白的流动的天空。她还使我们懂得，直线同她的姊妹——曲线一样，也是优美的。只要能在蓝天中勾勒出我们心中对渴望祈祷的正确态度，那么，就不管是高山还是人们纤细的臂膀，都没有这渴望的表情那么纯洁。

有人从大海里找到了一种精神的准则；也有人认为它凝聚在基础雄厚、巅峰耸立的山中。然而比高山更多情、比大海更朴实的王椰树不是这精神准则的真正的象征吗？

从她拔地而起时，就不像高山那样依赖大地，也不像高山那样骤然变小。她矫正了景色的粗野：繁茂的枝叶变成井然有序的整体，成为庄严肃穆的象征。蹂躏田野的粗暴的树丛、荆棘和扭曲而又不幸的灌木，在她秀丽的脖颈下也改变了模样。

在整个景观中，王椰树有如主宰着人类的雅典娜。

她的平和源于她的整体与完美（孕育了自己完美线条的生灵，可以心安理得地休憩了）。我们的眼睛同样可以在她身上休息，而不必去顾盼那些无用的繁枝杂叶。当我们以亲切的目光享受着她时，头脑会化作宗教的凝思。我们真愿意像她一样，只想奋飞，只有一个愿望，有如那投枪，向着那崇高的人生。

若没有那绿色的会唱歌的羽冠，王椰树或许是冷漠的；但树冠的欢快流淌在聚集的树干上，并使那舒展的树叶的和善，宛似在抚摩清风。王椰树好像一股思绪，不仅没有消失在树梢，反而变得纷繁起来，或者宛如会爆发成千言万语的爱的久久的沉默。

古巴和墨西哥的王椰树，所有的诗人都吟咏她，所有的画家都描绘她。她们的摇曳会给被奴役的黑人和印第安人带来安慰：将他们的叹息淹没在自己不停地叹息中，免得被人听见。

墨西哥印第安人钟爱王椰树。在瓜达拉哈拉，人们把王椰树描绘在陶罐上，并把它带在身边，他们细腻纯洁的身影与王椰树有某些相似之处。也许王椰树用她的身影将温柔注入了他们的秉性之中，印第安人的质朴，好像是受了这庄严之树的影响。

王椰树像雅典娜一样，这女神不仅聪慧，而且还有用。她的果实，即椰子，白色的内壳好像人的手掌，捧满颤动的汁液。果肉含油，这便使她如同她的兄弟橄榄一样，成为真正的宗教之树。此外，从王椰树干上很容易取出与其说是存在不如说在流水的蜜水。

那果实焦黄成串、颜色犹如沙漠的枣椰树呢。椰枣凝聚着阳光，像嬉戏的孩子一样风趣地落在于树荫下休息的贝督因人的脸上。

美洲的王椰树堪称印第安人之神，犹如枣椰树是阿拉伯人之灵。她应当是仙女，信徒们一见她的身姿便想起涂油礼，她的手上充满减轻伤痛的油脂，而她身上痛苦地保存的蜜汁，则犹如欲言又止的爱的话语。

一个走遍世界各地的人，在他生命最后日子里可以说："我已见过世上最崇高的景观。同样，王椰树的浓荫曾落在我的脸上，而且我曾触摸她那永恒的脖颈。"

赵振江　译

甚至树木也在战斗

〔埃及〕尤素福·伊德里斯

大自然给我们上了极为深刻的一课。当时我几乎不敢相信。我常常想象,是一条魔毯把梦中的我送到了森林的深处。我常常以为,尽管每件事物都有其现实性和完全合理性,然而那瑰丽奇美的景象却远胜于现实。那不仅仅是一种美,更是惊奇、警醒和激励。

"叶子落了。"他们这样平淡地提到它,如此随便地谈论它,好像那不过是一个天气或时间的问题。而我从极度的惊奇中感到,自己是唯一受感动、被激发和心存畏惧的人。"叶要落了。"森林——有着高大挺拔树木的森林,有着像尺子一样笔直的冬青槲树干、像巴利耶纳树那般妖娆的枝条的森林,充满蓬勃朝气的森林,他们说,明天,下一个月的第一天,树叶就要落了。

我对人们所说的“落叶”的话总是随随便便，或者并不真正相信他们所说的话，所以对这种说法也抱着随便的态度。但是宇宙的时辰是极度精确的，就像这个月的第一天，完全是准时而至。秋天开始了，正好就在这一天。从这一天黎明的最初几个小时起，树上的浓密的绿叶，开始憔悴，从第二天起逐渐变黄，然后开始陨落，飘落地面。地上原来是光秃秃，只有些常见的草，现在开始迎接纷纷飘下的落叶了。成千上万片的落叶，铺展于地面。风吹起来了，横扫着落叶，任其飘零飞舞。就在一个星期里，树上的所有的叶子居然完全掉光了，每棵树只剩下高大的树干和细小的树枝，光秃秃地，怪模怪样地立在那里，树木很多，像一群剃光了头发的女人。

我为落叶这一过程完成的速度、准确和全面彻底而感到惊奇。这些树木是从何处接受了命令，每一棵树又是怎样在同样的时辰同一时刻执行这一命令的？是谁告诉生命之水在这片树叶上发挥枯干，直到它独自坠落，自行死亡的？是天气给了它命令吗？其实天气并没有太大的变化，它还是上个星期一样的天气。那么是怎样，又是从何处产生出这种奇特的准确性及这种对变化属性的绝对服从的？天气的确没有发生什么变化，那这种树叶脱落现象是基于什么之上的呢？这种树干光秃而立、变成僵直一般又是建立在什么之上呢？

这个问题，大自然本身很快就做了回答。因为在整整十天之后,莫斯科郊外的天气就开始发生变化了,气温开始下降。它好像听到了宇宙的每一个命令,下降到10度,然后是5度,零度。那些树木则正准备着秋天的到来,接下去是冬季。它们知道,它们所进行的那一战斗,是反抗严寒、反对开始飘落的大雪的可怕的战斗。它们知道,这是一场生与死的战斗,它们应该为此做好准备,不给对方留下哪怕针眼大小的漏洞。它们应该摆脱树叶沉重的负担,这些树叶正让它们面临着严寒吞噬的巨大危险。这样,它们脱光了树叶并不像我想象的那样,而是生命的灵魂在它们身上最大限度的压缩,直到树干和树枝变作像枯死的木条一般。它们并没有死,而是采取了一种预备的姿态,战场上的姿态,因为反抗寒冬的可怕的战斗已经临近,这可不是闹着玩的,要么是捍卫它们身上生命的精髓,要么毁灭和死亡!

我站在寂静的树林间,这寂静是那种认真实干的沉默,是那种暗中进行战斗的悄然无声。大雪覆盖了落叶,尔后覆盖了大地。成千上万株树木的士兵巍然屹立,令人敬畏。它们捍卫着自己,对抗着已降至零下的天气。它们英勇无畏地沉默着,已经摆脱了一切战斗的障碍,给自己披上褪色的戎装,开始投入战斗。它们坚决地、英勇地做着殊死的战斗。冬天绝不可能获胜,尽管大雪纷纷,尽管零下三十度的严寒,它们仍将生存。它们之所以被植于此处,就是为着永生。就让它们的长存伴着战斗吧!就让这战斗是可怕的或残酷的吧!反正它们一定要战斗。冬天是漫长的，丝毫没有怜悯。在所有带着生命运行或生命带着它运行的事物中，没有一件事物不是一场战争。而战争就是要靠战斗。为了生存而战斗或通过战斗而生存，这就是规律。……我站在树林中，被这些树木的英勇无畏所慑服，为这似乎又聋又哑的生命的英雄主义而惊叹。它们是在捍卫自己的存在。千万种感觉向我袭来。最初的，也是最强烈的感觉是我认识到了带着聋、盲、哑的生命的各种形式，认识到自然的本质，认识到只要是一种生命，就会捍卫自己，从它诞生的最初时刻起就在斗争：与地球引力法则进行斗争，对抗它，以求生长，长得愈来愈高；与狂风斗争，以坚实的、层层包裹的树干进行抗衡；与严冬进行斗争，通过它所掌握的一切武器抵抗寒冬，首先是脱去色彩缤纷的诱人的夏装，告别婀娜多姿风情万种的日月，然后换上戎装，坚定地挺立着，不管发生什么情况，都保持那样的坚挺。

当我看到树木光秃秃地立在洁白无垠又令人生畏的雪地上时，一种感觉油然而生。我感到孤独和失落，但我没有行动，相反，尽管有刺骨的严寒，我仍感到一种温暖，一种对生命的温馨之感。没有什么东西能像你看到的这一切让你相信生命，让你为自己的这种信念而感到温暖。这些树木——是在抵抗着可能导致自身毁灭的各种危险，它们进行着最强烈最恒久的斗争。同时我还感到这光秃秃的树林是美的，它有无限的美。啊，这绝妙的抗争之美！啊，这令人目眩的瑰丽景色！看，它们一排排，一行行，矗立在那里，在这排列之后，有的是对冬天的傲视与嘲笑，有的是对自己必胜的肯定。它们将会长存下去，而它——冬天——用不了多久就会消逝。春天的脚步必将来临，到那时，它们的新叶将会重新吐出，它们的鲜艳色彩将会闪闪发光，树林将会和微风一起欢歌鸣唱，婆娑起舞。但所有这一切，都不会在今天发生。今天，现在是一项命令——是这个狂野的、悄悄潜入的冬天的命令。如果树林在冬天面前退缩，哪怕是退缩一步，那它们就会垮掉，而它们的春天也会延搁到无限。

伊宏　译

常春藤的叶子

〔法国〕阿兰

读了有关胚胎发育的美妙文章，吸引我进行了个人的生理学研究，没有放大镜，也没有沿着路走。您肯定有机会观察常春藤，它爬满了矮墙，爬到后来则变成小灌木。如果您看一看它的叶子，从地上的一直到高枝上的，您会注意到最低的叶子凹进去很宽，就像一只手有一个小小的手掌和细长的手指；相反，最高的叶子根本就不呈齿状，长长的近乎丁香的叶子。现在，如果您看看地上，从高到低，您会发现叶子越来越大，越来越呈齿状，您可以有一系列的叶子，从长指状的叶子到没有裂片的叶子，中间并没有明显的过渡。

您看到了这些如此不同的叶子，它们是同一株灌木的女儿，这使您陷入无穷尽的思考。因为我们倾向于相信，一个生物,人、昆虫或叶子,根据它与生俱来的计划发育,仿佛“一个看不见的建筑师”把各种成分放到它的位置上去,这是克洛德·内尔纳的一句名言。请您注意,这种假定什么也解释不了,实际上,它本身就是要多模糊就有多模糊。这等于说,胚胎或芽无论多么小或简单,都事先就“知道”它们要变成什么,根据这一“主导思想”安排营养和排泄的神奇的工作,安排有利细胞和有害细胞之间的战斗。总之,安排一个变化着的世界,把这个世界比作工地都只能是一个模糊的概念。换句话说,应该承认卵或者芽是传统主义者,承认它记得祖先,它模仿祖先以构造它的器官,有点儿像一个雕刻师用木头做一件哥特式的书柜。

这样,我推测,我的常春藤的发育并没有一个既定的计划。每一片叶子都是根据它所占有的地方来构造的。当常春藤的叶子离地很近的时候,也就是说,距离风和提供营养的光相当远的时候,它就像细长的手指一样张开,仿佛它在寻找透过上层叶子织成的网漏下的稀疏的光。枝条顶端的叶子远更简单,可能是它浑身沐浴在空气和光之中。常青藤的叶子是机会主义者,它能怎么发展就怎么发展。更简单地说,它能怎么活着就怎么活。它不大想祖先,比诸它生活的环境,它更少想常春藤的传统。与其说它是一个历史学家,倒不如说它是一个地理家。它承受,而非有志。

看一看这个例子是有益的。我自问我们是不是过于容易地假定一种主导性的回忆和一种起作用的传统，而由一种已然存在的机体和围绕着它的千百件事情所构成的环境可能是唯一的建筑师。历史学家说：我们有尖屋顶，是因为我们的祖先有。但是地理家说：我们有尖屋顶，是因为诺曼底雨下得很多。合上我们的历史书吧，去看一看常春藤的叶子。

1909年1月26日

郭宏安　译

落叶

〔日本〕岛崎藤村

一

每年十月二十日，这里就开始下霜了。在城里，只有冬天来到杂木丛生和布满平坦耕地的武藏野的时候，才能看到薄薄的、令人喜悦的微霜。你对这些是司空见惯了的，我很想让你也瞧一瞧这高山上的霜景呢。这儿的桑园，要是来上三四场霜，那就看吧，桑叶会骤然缩成卷儿，像烧焦了似的；田里的土块也会迅速松散开来……看了这种景象，着实有点怕人哩。显示着冬天浩大威力的，正是这霜啊！到时候，你会感到雪反而是柔美的，那厚厚的积雪给人的是一种平和的感觉。

十月末的一个早晨，我走出自家的后门，望着被深秋的雨水染红的柿子树叶，欣欣然向地上飘落。柿树的叶片，肉质肥厚，即使经秋霜打过，也不凋残，不蜷曲。当朝暾初升、霜花化成水珠的时候，叶片耐不住重量，才变脆脱落下来。我伫立良久，眺望着眼前的景色。心想，这天夜里，定是下了一场罕见的严霜吧。

二

进入十一月，寒气骤然加剧。天长节[1]早晨，起来一看，白霜遍地，桑园、菜畦，以及家家户户的房顶，上下一色，望不到边际。后门口的柿子树叶，一下子落了，连路都埋了起来。没有一丝风。那叶子是一片、两片，静静地飘零下来的。屋顶上鸟雀欢叫，听起来比平常嘹亮、悦耳。

这是个阴霾的天气，空中弥漫着灰蒙蒙的雨雾。我真想到厨房里暖一暖冻僵的双手，穿着布袜子的脚趾也感到冷冰冰的。看样子，可怕的冬天就要临近了。住在这座山上的人们，从十一月到明年三月，几乎要度过五个月漫长的冬季，他们要为过冬做好各种准备。

---

[1] 11月3日为明治天皇诞生日。

三

寒冷的北风刮了起来。

这是十一月中旬，一天早晨，我被奔腾的潮水般的响声惊醒，原来是风在高空呼啸。时而渐渐趋于平息，时而又狂吹起来，震得门窗咯咯有声。尤其是朝南的窗子，树叶纷纷敲打着窗纸，噼噼啪啪响个不停。千曲川河水，听起来更觉得近在咫尺了。

推开窗户，树叶就飞到屋内来。天气晴朗，白云悠悠。屋后小溪岸边的杨柳，在猛烈的北风中披头散发地挺立着。干枯的桑园里，经霜打落的黄叶，左右飞旋。

这天，我到学校去，来回都经过车站前的道路，遇见了不少行人。男的戴着丝绵帽，或用绒布裹着头；女人家则扎着毛巾，将两手缩在衣袖里。人们你来我往，流着鼻水，红着眼圈，有的还淌着眼泪。大家面色惨白，唯有两颊、耳朵和鼻尖红彤彤的，屈身俯首，瑟瑟缩缩地赶路。顺风的人，疾步如飞，逆风的人，一步一息，仿佛负着重载一般。

土地，岩石，人的肤色，在我的眼里都变得一片灰暗，就连阳光也成了灰黄色。寒风在山野间奔突，呼号，暴烈而又雄壮！所有的树木都被吹得枝叶纷披，根干动摇。那柳树、竹林，更是如野草一般随风俯仰。残留在树梢的柿子刮掉了。梅、李、樱、榉、银杏等，一日之间，木叶尽脱，满地的落叶顺着风势飞舞。霎时，群山的景色顿时变得苍凉而明净了。

陈德文　译

绿叶雨(外一篇)

〔日本〕薄田泣堇

原野,山峦,一片翠绿了。这时节——尤其是今年,经常下雨。比起濡湿草木新芽的初春的雨,比起迟些日子到来的梅雨季的雨,这个时候的雨却有着不同的韵味。初春的雨寒冷,梅雨季节的雨过于忧郁。夹在两者之间的晚春的雨,明丽,快活,充溢着暖意,像银子般闪着光亮。初春的雨无言地润泽着,而这时的雨却潇潇有声。这雨声带有静谧而亲切的情味,是天空和草木精魂的窃窃私语,令人想到柔滑的肌肤和芳馨的呼吸。风时时横扫着草木的嫩叶,宛若一位美人,雨滴从颈项流下来,经过腋下,滑入乳畔,凉丝丝,痒酥酥,她忍不住摇晃着身子,笑弯了腰。这种快活的情味只有这时的雨才体会得出来。

受到这种快活和明丽的引诱，蛤蟆从叶阴深处慢腾腾爬出来，雨滴一落在它的脸上，那蛤蟆像个醉汉一样，误以为是唇边的酒泡，遂用笨拙的前爪，悄悄揩抹一下鼻端。而且时时蹲踞着，不住打量着周围的一切。谙熟历史的俳句诗人小林一茶，将蛤蟆的这种姿态比喻为旅途上被大雨浇湿的游子。蛤蟆啊，你所寻觅的一茶，是个很好的俳人。他的灵魂为长年的悲苦所扭曲。

这时节还有一位你的更好的朋友，但它不适合同你一起沐浴着这明净的雨。它是蟹。蟹带着沾满泥土的硬壳，从庭院石头的背后横着身子爬出来了。像一只钢铁制造的蒸汽机车，不住地吐着泡沫，看上去就像德国人想象制造的生物，外壳上打上“Krupp公司”的印记。我家位于近海的沙滩上，蟹很多，一到梅雨季节，经常有蟹经过墙壁，沿着房柱爬进屋内的榻榻米上。螃蟹啊，你和蛤蟆虽然各自过着不同的生活，但你们都很自尊，都具有自尊者的孤独性。过去有位厌世哲学家叔本华，他到意大利城市去旅行，当地的人们——尤其是漂亮的女人们，对自己很冷淡，而对同时来到这个城市的厌世诗人拜伦，简直就像招待王公贵族似的欢迎他，于是他很没有面子，草草离开了那座城市。螃蟹和蛤蟆都其貌不扬，笨拙丑陋，总不至于互相嫌弃吧？

树木上还有雨蛙和蜗牛喜欢雨。雨蛙是闻名的独唱家，蜗牛是古怪的沉默者。一个是从树叶跳到树叶，一个是从树枝滑向树枝。雨蛙像艺人一般只身奔走四方,蜗牛像灵场的巡礼者,将全部家产都背在自己身上。它们偶尔会在宽阔、碧绿的芭蕉叶上相逢。彼此只是行注目礼,一句话也不说,匆匆擦肩而过了。它们都喝足了雨水,尝尽了雨味,专心地同雨嬉戏。它们懂得,要是放过这个时节,雨天就会很快过去。

夜深了。我喜欢放松筋骨躺在浴槽里,悠然地倾听着那潇潇的雨声。而这个时节的雨,最适合于我这个时候的心境。

樱 花

在春花之中,樱是表现最为优秀的一种。终日潇潇而降的春的冷雨里,带着微红、悲戚而低垂着的花蕾,于一夜之间骤然开放。晴雨的早晨,朝阳遍撒着金粉,樱花明朗微笑的倩姿,与其说是众多植物中常见的由蕾到花的发展,毋宁说是奇绝的跳跃。是感动,更是惊异。这是没有第二乐章、直接进入第三乐章的跃进,是向着表现的高潮阶段的突击。在生命复苏的欢乐之中,新芽初放的草木、饶舌家的小鸟、沉默家的野兽、流浪者的蜗牛、地下工人的鼹鼠,都像中了魔一般欣欣然做着美梦。唯有这樱花,将三春的欢乐,全部盛在仅有两三天的酒杯中,把燃烧着的白热的生命和豪奢的兴味一下子尝个够!听说热恋的人们走在路上绝不向后看。过去的诗人写道:

千思万想是樱花。

其实，这只是诗人自己的追忆，樱花是没有任何回想的。因为回想是最脱离自我的。热恋的激情里，无暇想到繁殖子女。为此，樱花不愿像梅和杏那样结出像样的果实。花朵本身就是生命的昂扬，是燃烧。在别的花看来，即使是青春的浪费也毫无关系。

古代德川末期，大概是弘化时候吧，名古屋有位山本梅逸的弟子，名叫小岛老铁的画家。他在古寺阎罗堂旁盖了一座小土屋，结庵乞食，过着清贫的生活，但却具有兰花般清高的情怀，怡然自乐。某年冬天，由于连续严寒，小屋实在难以栖身，一位朋友很关心他，特地送来三大草包木炭。老铁见了十分欢喜。

"谢谢你的好心，我们烤火取取暖吧。"

说着，就立即点火，将三包木炭一起燃着了。他一边烤着屁股一边兴高采烈地说：

"啊，真暖和，太舒服啦。好久没这样摆阔气啦。"

照送炭朋友的想法，冬季寒冷，有了这些木炭，足足可以度过去了。一般人也都会这么想的。但是老铁非同一般，三大包木炭一股脑儿投入火中。老铁想，如果像过去的穷日子一样，一点儿一点儿生火，三大包木炭充其量也只能维持六十天。那也只不过是平凡日月的继续。眼下有人正巧送来木炭，剩下五十九天纵然震颤于严寒之中，也要饱尝五十九日无法换来的这一日之快乐。画家老铁当时肯定是这样想的吧。他烤着屁股高兴地说："真是一次阔气的享受。"实际正如他所言，这是生活的腾飞，经验的跃进，又是崭新的精神世界的新发现。

樱花的精神，只有保持画家老铁这样态度的人才能深刻领会。我以为，老铁所抱有的情怀，正是这种花的精神的最生动的表现。

陈德文　译

伐木抒怀

〔加拿大〕休·麦克伦南

用一个下午来活动活动筋骨，可以得到乐趣，可以有所收益，还可以得到美的享受——更何况收益只能期诸来年，林木之美数年之后方可得见，一个与世无争的人除此之外更有何求？至于乐趣，在我居住的这片乡间，晚秋时节，无论怎样呆上一个下午，都是我所能想象得到的天堂般的生活。

秋霜初降，蕨草蒙上褐色粉尘，群鸟飞向南方，我房舍周围的林野，便是一片生机勃勃的静穆。我向树丛中心走去，两脚放肆地踏着树下枯干的枝叶。我的斜纹布裤子，因为久浸汗水而变硬了；紧身衫的肘部已经磨破；瑞典式锯子弓上的红漆早已脱落；斧头上的刃头比几年前买来的时候轻了好几两，然而却磨得锋利异常，能将我手臂上的汗毛切断。透过交织如网的树梢枝叶，我举头望天，竟书呆子气地觉得这里颇有神圣教堂的景象。然而这个念头只在心中一闪而过，晚秋时节，魁北克东部乡镇的硬质树木林地的景色是绝无仅有的，世间哪有可以与之相比的地方？由于一再降临的幸运，我得以在这里徜徉，带着斧头、锯子和楔子，有心要稍改周围林木使景物增色。十五年来，我对人生的总的看法慢慢地发生了变化，这一段林间生活的影响涉及了许多方面。

我生长在加拿大的一个地区，那里的自然景观是人力无从改变的。位于大西洋沿岸新斯科舍省[1]的人，从小到老都相信这里自然界的一切永不改变。海洋变来变去，依然如故；花岗岩的不变，更是永恒。在这种环境中过日子的人永远不能主宰自己的命运，不能对自然施展一点匠心；生活是什么样子，世界是什么样子，你只能老老实实地接受。冰川勾勒出新斯科舍省海岸的轮廓（海岸又使新斯科舍省的风貌定型）。岩石表层的土壤被冰川剥蚀得那么厉害，能够在那儿生长繁衍的，就只有云杉树了。从儿时起，我就接受了这种信念：夏天、春天和秋天都是一回事。那个地方的人就只知道云杉这么一种树，自然对它格外有感情。可是云杉树株株一个样子，而且永不改变颜色，于是，我儿时所见的树，便和大海与花岗岩一道，教我深深相信，要想让大自然改动一下，变好一点，那是办不到的。

---

[1]新斯科舍，加拿大东南部的一个省。

来到魁北克东部城镇，眼之所见，耳之所闻，鼻之所嗅，一些微妙的变化轻柔地触动着我。虽然是过了好几年，我才体味到此处风物那种温顺的丰饶，但却很快就认识到，这里的自然环境是能够而且必须时时改造的；因为它自身就总是在不断变化着，要和你为难。乡间供夏日居住的房舍，要想与周围大地显得融合无间，不可不在四周密密地种上灌木树丛，这样就既可挡住大风，又不致显出一种闯入原野的鲁莽。可是，在这片肥沃多雨的土地上，一株枫树苗子，一年就可长高八英尺；一株小枞树，刚移植过来时，还幼嫩如一株圣诞树，很快就变成一排厚实的屏风，滋生出成群的蚊蚋。栽下一株灰胡桃树，不久就变成一丛。要不了十年，你房子所在的草场就会被成片的树木占领；枫树、栎树、白杨、野樱、刺槐、老苹果树、鹅耳栎树、山毛榉等等都来了，甚至还有乱窜来的松树。它们的根钻进你的小房子的底部；枝叶交盖，遮蔽着你的屋顶，弄得你的家阴森森的，如同野兽的洞穴。

那一年我买下房子，就把围绕着它的雪松、云杉和松树通通砍掉。对我来说，这个举动有两层意思：一是要使阳光能透过较远处硬木林丛的枝叶照射出来；另外，我想，这也是一个象征，表示我自己终年摆脱了少年时代那种在严酷的自然面前无所作为的状态。

“这么一来，你的房子和大路之间，就只隔着草地和园子了。难道你不觉得什么都暴露出来，一无屏障吗？”一位邻人说。

他说的是他的感觉。我却只觉得清爽，仿佛是清除了一扇肮脏窗户上的蜘蛛网。如果为了挡住别人，不让他们看到屋子里面，同时也就使自己看不到外面，那有什么好处可言？再说，我住的房子高踞村子外的山坡上，面临的是一条不太整洁的路，并不通向什么地方；行人不多，且很友善。小山坡呈二十五度斜坡；我的房子下面就是道路；路上行人一切活动，都历历可见。纵目远眺，十英里之外是一池深深的湖水。沿湖锯齿形的湾汊背靠凸出的山脚，终年迎风的农庄，篱边畦头的红松，以及新盖的牲口棚亮闪闪的屋顶，尽收眼底。

为了让阳光和空气进入房中，我开始砍树。我不断地砍树，还为了让周围的林子里也有阳光，也能透气。过了一年，我不无惊异地发现，这些砍下的木材，竟为我省下不少的钱。为了保障视野的开阔，我又买下路对面山脚下的一块空地。可是迅速生长的树木却又渐渐形成一堵墙，挡住了我的视线。这些树，夏天以各种各样的绿色悦目地交织在一起；到了秋天，群树色彩斑斓，色调奇丽。然而，眼前被这些树一挡，就仿佛住在一堵七十英尺高的篱墙下面似的。

所以，几年来，我的生活模式为这些迅速生长的树木所决定，很像农人的生命听命于麦田中周而复始的农事。秋天一到，我就须去树林里砍树了。

有一位邻人认为，砍掉任何一株栎树都是罪过。可是，如果你有两株栎树，相距不到六英尺，又怎么办呢？我用手抚摸那栎树绿如橄榄的树身，感觉得到树皮里面坚实的肌肉。一株栎树，特别是幼年的栎树，摸起来很像是一个人体。但是栎树比树丛中任何别的树更需要发展的空间。它紧贴地面的根延伸得很宽广。我看着这两株栎树，只见它们颇似篮球队员，长得又瘦又长，干什么都不合适，只会向高处疯长。它们最低的枝条离地也有二十五英尺。因为在我匆匆砍去一些小树之前，那儿老是黑黝黝的，栎树只好向高处伸，才能讨到活命的阳光。我把两株栎树的树身都抚摸了一会儿，决定砍去比较起来更为细长的一株，使另一株栎树能够尽享一株栎树的天命。

于是，我双膝跪在地上，把锯子放在那不幸者的身躯上，开始干活儿了。这种纹理细密的树，锯刃一切进去，那薄薄的刃片就几乎看不见了。先是喷出一阵白粉，锯刃触到深色的树身中心时，喷出的粉末便呈褐色。再接着就是一声断裂的巨响，猛烈而又激昂，震动着整个树身，声响在林间回荡。树梢褐红色的枝叶一阵颤动，一阵痉挛，似乎显出一番迟疑。我的手扶在树身上，站起来一看，树是朝我所希望的方向倾斜的，接着才哗哗作响地、庄严地倒下。一棵枫树被它擦过，现出猩红色的一闪。栎树瀑布般撒开的树梢受到近旁别的树的枝叶的羁绊，倒下来便与地面斜交呈一个角度。

林子里重新沉寂下来。我思索下一步该做什么。一株树，哪怕是这株不算粗大的树，倒了下来，总会有相当大的一堆残骸。我想起了格莱斯顿[1]。他习惯于用砍伐栎树——皇家海军的栎树——来发泄怒气。只要狄思雷利说话特别地俏皮尖刻，或者女王的态度是照例地盛气凌人，格莱斯顿庄园中准得又有一株栎树倒下。随之而来的，必然是拾掇那倒下的树木的一番劳累。我从自己的经验中知道这个活儿是够你干几天的。就我从书上读到的来说，首相是很少想到伐木活动的这些方面的。他痛快地发泄一通之后，便阔步而去；腋下虽然汗湿，维多利亚式的背心仍然纹丝不乱；自有底下人来承担留下的一大堆活儿：修剪栎树，把树身锯成若干段，劈成条块，推滚到木料房里堆起来。这些卑微的人倒是不必把自己的激情加以升华，可总是由他们把格莱斯顿先生砍伐的木材堆放起来，当柴烧掉。

在我房子下面一处丛树环绕的园子里，住着一位精神病医生。他听见我这里栎树倒下的声响，会以为我也在发泄自己的破坏欲吧。他也许以为我是在摧毁心中的一种严父形象。不管他怎么想，我这株栎树只是从底部锯断，还没有变成成堆的木材。

昨夜很冷，今天早晨冷得更厉害。早上六点钟，我探头出去看温度表，只见水银柱已降到华氏27度[2]。我八点钟起床，生了火，草地上还有白霜。天气倒是晴朗，只是冷得很。不到

---

[1]格莱斯顿(1809—1898)与下文所提及的狄思雷利(1804—1881)都是19世纪英国维多利亚女王执政时期的政治家。格莱斯顿曾四度任首相。狄思雷利曾两次任首相。两人终身为政敌。唯狄思雷利甚得女王青睐。

[2]约相当于摄氏2度。

下午一点，壁炉已经烧掉十大块木头。今年，一小捆木柴卖价是七块钱；一大捆的价格，视木柴品种而定，大约总在十五块到二十块钱之间。不管精神病医生看见我的柴堆会怎么想，我把它用来烤火却是其乐无穷，虽然（正如昨天来打扫屋子的乡下女人说的），搞出这么一堆柴得出不少的汗。

有时，我觉得格莱斯顿何曾领略到伐木的真谛？每一株倒下的树都带来些问题。如果把一株树撂倒，便扬长而去，这样作践树木实在等于用电锯去谋杀丛林。我砍倒的这株树跟两株别的树绊在一起。最省心的办法当然是把那两株树也一齐砍去，让三株树都倒地了事。但是，从左边支架着栎树的，是一株花楸树，它也许是某个古老园林的幸存者。无论如何，我绝对不能在我的林子里砍伐一株花楸。另一株是岩枫。这种树在新斯科舍省少而又少，在英国几乎绝迹，所以我对它总有一种珍爱喜悦之情。每次砍枫树，我总不免一阵心的颤动。不过，在这里，枫树像杂草一样到处丛生，而这株枫树又紧挨着那株花楸；两株树争着长，枫树势必夺走花楸的养料。所以我只好砍去了枫树。它倒下时的响声在山谷里回荡。

然而，栎树仍然没有全躺在地上。枫树砍去了，后面还有东西架搁着栎树的重量。别无他法，只好把这株栎树就地修削改小。我先把树身锯成八英尺长的节段，每段砍断处离地面约四英尺半，这高度便于我使用锯子。锯整个这么一株树，我的锯子的刃片要承受好几百磅的阻力，所以我还得使用楔子。这么一来，在下午剩下的时间里，弄这两株树，一株栎树和一株枫树，就够我忙的了。

到日落时分，一段段木材都已劈开、堆好，散发着木质的香气。砍下的树料，都拖了回来，斜度颇大地堆成堆，晾干以后，雪雨之日可得向火之乐。从林间出来，我回顾自己的工作给这里的景物带来了什么变化。变化略有一点，而这微小的一点却是更大的变化的开端。由于砍去了一些树，一株出色的灰胡桃树才露了面，得到了发展的机会。那株白杨树砍掉以后，日光可以更深地斜照到林间来，我可渐得置身林间教堂中殿之趣。树林中没有阳光，就如同礼拜堂中没有上帝。这虽是一句陈言，但我仍作如是想，因而对于砍去白杨，并不感到良心上的不安。这株白杨，挨在一株凋残的云杉旁边，注定是要被淘汰的，即使我不以斧锯相加，虫也要蛀烂它，雀鸟以及有羽如冠的啄木鸟必定接踵而来。明天下午要干什么活儿，我已想好；这一步完了，又将有后天、大后天该做的事。把一片自然树林加以修整，创造出一片富有文明色彩的林地，就像画一幅画、写一本书。一种景观，会引发出另一种景观。在我们这片乡土上，这种联翩浮想，岂有尽时。待到感恩节后，伐木的季节终了，回到城里，我浑身肌肉发达，但却感到心地羊羔般纯洁，像梅尔维尔写完了《莫比·狄克》时一样。

王世垣　译

种植园

〔英国〕赫德逊

我记得——跟我进去过或看见过的任何果园、树林或森林相比，我更清楚地记得新家的那块绿树成荫的园林胜地，它坐落在一望无际的青草繁茂的大草原上。直到那时我还从未跟树木生活在一起，不过上面谈到过的那25棵树和另外一棵由于是该地唯一的树种而被叫做"独树"的除外。这里倒有成百上千的树，在我不习惯的儿童眼里，它好像一座未曾勘探过的巨大森林。这里没有松树、冷杉，也没有桉树（当时在那个地方还不为人所知），也没有任何种类的常绿树；所有的树木由于都是落叶树，所以到了仲冬季节，都是光秃秃的。可是，即使如此，生活在它们当中，感受到和闻到它们粗糙而潮湿的树皮上布满青苔的绿斑，抬头透过丫枝交叉织成的网仰望蔚蓝的天空，这对我来说简直是妙不可言的经验。过不多久，一两个月内，春天就要带着绿叶和花朵来到我们身旁；即使在目前仲冬季节已预先有了春天的气息；春天来临之际，首先从那排老箭杆杨旁的一处上空就会飘来一阵馥郁的幽香——那香味之于小孩犹如令人陶醉的酒之于大人。原来在杨树根旁有一块用圆树叶铺成的苗床或掩体，我们对这里很熟悉。用手把成束的树叶分开，瞧呀！那些紫罗兰已经开放——那是黯淡的、紫蓝色的、隐藏着的紫罗兰，它们开得最早，味道最香，在所有花卉中最受当地儿童的喜爱，无疑它也受其他地方儿童的喜爱。

我们小孩子有太多太多的时间来尽情欣赏紫罗兰，并在森林里任意乱跑；因为好几个星期以来家里都鼓励我们到户外去玩耍，离家越远越好，家里不需要我们。这时房子正在进行大规模改建，要它能适合居住。老房子旁边又增盖了几间新屋，原来的砖地上铺设了木板；半腐朽的茅草屋顶原是老鼠经常出没之处，也是蜈蚣和其他冬眠爬虫的栖身之地，现在正全部撤除，换上干净的、有益健康的木屋顶。对我来说，要我离家到森林的奇境去开辟一个玩耍的天地，完全不是什么难事。树木中既有果树，又有遮阳树，种类很多，而且分属于两个相隔极远的时期。第一个时期是老树，是一个多世纪我们来此以前，一个喜爱树木的业主栽种的，第二个时期是一两代人以后陆续补栽的，目的是将缺口和空地填满，同时也为了树木品种的多样化。

我首先要描写一下老树当中最大的一棵，它那特殊的“红柳树”的名称，以及当地俗名的来源是由于粗糙的树皮略带红色的缘故。它长得又高又大，仿佛是黑杨木，但叶子像垂柳一样细长。夏天里，我观看这棵树从不觉得厌倦，那些树枝在当时我的眼里似乎是“完全贴在蓝天上的”，在那根高枝上常有叉尾霸鹟的巢在上面。这个高踞树巅、暴露于外的巢经常吸引来一种普通黄褐色的食腐肉的鹰，名叫奇曼戈——这种鹰具有黑兀鹫的习性，它不断四处盘桓，以搜寻鸟蛋和刚会飞的幼鸟。

叉尾霸鹟是属于仇视鹰的、性情暴烈的霸鸟科中最勇敢的一种。每当奇曼戈出现的时候——每天要出现40来次，叉尾霸鹟便会怀着惊人的怒火直飞到半空中去攻击它。强盗被赶走之后，它会返回树上，发出胜利的、像响板一样的咯咯声，并且（无疑地）还要接受伴侣的祝贺；然后重新安定下来，注视着天空，以防另外的奇曼戈的出现。

第二棵红柳是种植园中位列第二的大树，不过关于这棵柳树我将在以后一章里详加叙述。

在老树当中，高高的箭杆杨是数量最多的，它们列成两排，形成人行道或林荫道，把这块完全封闭的土地从三面加以围住。还有一排横穿的杨树，把花园和房屋跟种植园分开；最喜欢在树上筑巢的有我们最爱的两种鸟——一种是美丽的小金翅雀或阿根廷金翅雀，还有一种鸟，土著人称之为拾柴鸟，因为它们能搜集无数的枝条用来筑巢。

在边上那排杨树人行道和外面壕沟之间单独生长着一排迥然不同种类的树——黑洋槐，一种罕见而奇特的树，在所有树木当中，它给我身上心上留下的印象都最强烈、最深刻，可说是把印象刺进了我的身上。这恐怕是原先最早的第一批种树人所栽种的；而且我猜想，可能是对广为传播的那种杂乱的芦荟进行改良的试验，因为芦荟是第一批外来移民的宠物；它却是一种无规律的野生植物，不能成长为合适的树篱。这些黑洋槐有些始终很矮小，活像又老又瘦的灌木，有些成为侏儒式的小树，另一些则像童话中的豆秆一样长得很高，跟那些并排生长的箭杆杨一样高。这些高树的样品，树干很细弱，而很长的细弱横枝则向四面八方伸展，从树根直到树冠，这些树枝和树干本身都有2至4英寸长的刺作为武装，那些刺坚硬似钢铁，呈黑色或巧克力黄褐色，光滑尖锐似针尖；为了使自己更加可怕，每根长刺底部附近又格外长出两根小刺，所以看上去那形状就仿佛是一把带有交叉护卫手柄的圆锥形利剑。要爬上这种树真叫人心惊胆战，可是后来我年纪稍大一些，却爬上去有千百次之多，因为有好几种鸟喜欢在树上筑巢，经常筑得尽可能地高，其中有些鸟下的蛋很美丽，例如圭拉杜鹃的蛋，大小犹如小母鸡初下的蛋一般，颜色是纯青绿色，夹杂着雪白的斑点。

在这些古老的或古代的树木当中，桃树是我们全家最喜爱的一种树，因为2月和3月它会结桃子，稍晚一些到了4月和5月也有桃子成熟，我们称之为冬桃。桃树、榅桲树和樱桃树是殖民时期最受人喜爱的3种果树，所以在古老的庄园住宅的果园里总可以找得到。我们有20棵榅桲树，它们的树干粗大而多瘤，弯曲盘绕的老丫枝好像公羊的角，而桃树则有400到500棵之多，相互间的距离也很远，它们确实是我生平所见的最大的桃树了。它们的大小跟英国南部人们爱去光顾的某些地方所见到的最古老和最粗大的樱桃树不相上下，那些樱桃树不是紧靠在一起生长，而是间隔很远，因而有足够的空间让丫枝向四面八方伸展开去。

后来一代人所种的树木，包括遮阳树和果树在内，品种多一些。最多的是桑树，数量有好几百棵，多半列成一排一排的，形成人行道。它跟我们英国的桑树属同一品种，不同的是树木高大，叶子很粗糙，而结的桑葚要小得多。桑葚的味道也不怎么甜，我们的长辈很少吃它。我们小孩子却要尽情地享用，不过多半还是雀鸟来啄食。一般人把桑树看作遮阳树，而不是果树；另外还有两种最重要的遮阳树，从数量上讲，要算白洋槐或刺槐，和乐园树或楝树。此外，还有一排8棵或10棵樗树或天堂树，如人们有时称呼的那样，它的高高树干又白又光滑，树冠覆盖着一簇棕榈叶似的树叶。这里还有一个现代果园，其中有梨树、苹果树、洋李树和樱桃树。

整个种植园，包括房屋在内，占地面积8或9公顷，四周被一道巨大的壕沟环绕着，沟深约12英尺，沟宽20或30英尺。毫无疑问，它非常古老，边上的泥土逐渐崩溃，结果就显得更宽。到适当的时候，壕沟里会全淹满水，几乎从地面上消失，但每隔两三年，沟里又干涸了，这时就把大量泥土从沟底挖出来，堆放在里边的堤上。从外表上看去，它还有点像史前时代的土方工程呢。冬天里，沟里照例会积满着水，成为一群群野鸭爱来光顾的地方，尤其是夜间；爱来这里的还有好几种其他鸭类——赤颈凫、针尾鸭和琵嘴鸭。到了夏天，壕沟逐渐干涸，但整个炎热的夏季通常一直仍保留着几处满是污泥浊水的水塘，常出没这里的是孤独的或夏天的鹬，它是许多种矶鹞中的一种，以及同属该科的各种水禽，它们在北半球繁殖，然后迁移到我们这里过冬，因为这时正是我们这里的夏季。壕沟里的水一旦下降，两边斜坡马上就冒出很高的青草和牧草，长得十分茂盛，老鼠和其他动物也会回来在坡上打出无数像筛子一样的洞穴。

对这些老鼠，我们有时使用“烟熏器”来消灭它们，用这机器把硫磺、坏烟草和其他致命物质的烟雾喷入它们的洞穴，使其窒息而死。我记得在灭鼠活动中发生过两起稀奇的事。有一天，我正站在壕沟堤岸上，离大人们工作地点大约40码处，一只犰狳从洞里逃跑出来，恰恰跑到我站立的地点，于是开始拼命地刨土，想把自己埋进土里，逃之夭夭。大人也好，狗也好，都没有看见它，我顿时就下决心捉住它，不要任何人帮忙，料想这不过是件轻而易举的事。于是我就用双手抱住它黑甲壳里的尾巴，开始从泥土中把它拖出来，可是根本拉它不动。它继续猛烈地刨土，往地里越钻越深。我不久就发现，不是我把它拉出来，而是它把我跟着它拖进地里去。想到一只不比老鼠大多少的动物跟我较量气力，将要战胜我，这伤害了我的儿童自尊心，因此促使我比先前更顽强地抓住不放，并且更用劲地拖呀，拉呀，直到要拖住它就不得不全身匍匐在地上。可是就这样也完全无济于事，因为首先是我双手，然后是发痛的双臂都被拖进了地里，于是我被迫放松了手，然后站起来，把它撒在我脸上、整个头上、脖子和肩膀上的泥土抖掉。

另一件事是这样的：我的一个哥哥看见几只狗都在一个大洞口旁嗅着、刨着，便拿来铁锹，朝地里挖了两英尺深，发现一只黑白杂色的大负鼠跟8–9只半大的幼仔一块儿睡在干草窝里；说起来也奇怪，还有一条毒蛇盘成一团也睡在它们当中。那是一条令人惧怕的“十字架蛇”，如加乌乔人对它的称呼，它是跟矛头蛇、巨蝮和响尾蛇同属一科的毒蛇。身长约3英尺，身躯粗大，头很宽，尾巴粗而短。当那些狗把负鼠拖出来的时候，这条蛇也跑出来，嘴里发出咝咝声，盲目地向左右两边发动进攻，却被铁锹吧嗒一声打死，铁锹没伤着狗。

这是我所见过的第一条“十字架蛇”；看见它那绿灰色带

着大片暗黑的、厚而短的身躯，宽大扁平的头，两只没有眼睑的青白色眼睛，我感到一阵阵恐怖。在后来的岁月里，我跟它逐渐熟悉起来，甚至敢把它抓起来而不致受伤，正如现今在英国碰见一条不太那么危险的蝰蛇，我可以把它抓起来一样。令我们奇怪的是，这种极其易怒、极其有毒的蛇竟会跟负鼠一大家同住在一个窝里，因为莫要忘记，负鼠也是一种贪婪而性情极其暴烈的动物呢。

这就是我搬家过来在其中生活的世界，就在这古老的老鼠出没的、被壕沟环绕的范围之内，在这些令人神往的树木当中。可是使这块天地如此迷人的还不单是那些树木，这里还有不少空旷的地方和其他各类植物也同样极富吸引力。

有一块苜蓿田，面积约半公顷，每年开花3次。在开花时期，它散发出甘美如豆子般的香味，把四周平原上所有的蝴蝶都引诱到这里来，整个田里到处都是蝴蝶，有红的、黑的、黄的和白的，它们成群结队地环绕着每株蓝色的穗状花朵上下翻飞不停。

在另一块地方有一大片土地，或我们称之为“丛林”，生长着藤。它是一种优美的植物，约25英尺高，外表上并不像竹子，因为它那又长又尖的叶子呈蓝绿色，上面有层白霜。藤对我们非常有用，在我们年纪长大会钓鱼的时候，可用它做钓竿；在我们骑马出去在草原上展开模拟战斗的时候，可用它做长矛。可是它还有经济价值，土著人用它盖茅草屋顶以替代竹竿，而竹竿的价格则贵得多，因为必须从国外进口。这一来，在夏天结束之际，藤丛开了花以后，便全部砍倒在地，把叶子摘光，然后成捆地运走，从这时起直到来年这个季节为止，我们便不能兴高采烈地去搜寻最长最直的藤子，把它们砍下来，摘去叶子和树皮，做成漂亮的，呈绿色而光滑的竿子供我们游戏之用。

还有其他一些开阔地带也覆盖着植物，它们几乎跟藤丛和树林一样有趣，因为这是我们称之为"杂草"可以旺盛生长的地方。这里有曼陀罗、藜、苦苣菜、田芥菜、红草❶、蓝蓟等等，既有土生土长的，也有引进的品种，密密层层丛集一起，有5-6英尺高。要从这些草丛中走过去是很困难的，而且还老是害怕脚下踩着蛇。在另一处有繁茂的茴香独自生长着，仿佛它有一种神秘的力量，也许是那特殊的气味能使其他植物保持适当的距离。它也形成一大片植丛，生长高达10或12英尺。这是我最喜欢光顾的地方，因为它位于离房子最远的一个荒芜地点。在这个荒野孤独的地方，我可以独自呆上很长的时间来观察雀鸟。不过我也喜爱茴香这种植物，它那美丽的绿色羽毛般的叶子和它的味道，所以每次到这个与世隔绝的地点来玩耍，我都要把压碎的叶子放在手掌里揉搓，并咀嚼小枝条以品尝茴香特有的风味。

冬天一到，种植园便会发生巨大的变化，因为冬天不但

❶是包括小酸模和马松子两种杂草的统称。

把树上的叶子全部剥光，而且把所有茂盛的植物，包括茴香在内，一扫而光，重新让杂草生长起来。花园里和所有房屋四周的那些欣欣向荣、万紫千红的一年生长的植物也通通不见了，其中包括大丛大丛的紫茉莉，枝茎呈深红色，盛开大量的红花；带着蓝色大喇叭的圆叶牵牛花，它们凡可到之处都要攀援而上，用蛇麻草似的大量叶片和繁多的花朵把那里覆盖得严严实实的。冬天里，我在种植园的生活便是经常察看预示春天来临的征兆。5月、6月、7月这三个月是树叶落尽的月份，可是并非完全没有雀鸟的歌声。冬天里，每当遇上有阳光而无大风的温暖日子，有几只麻雀就会重新出现，没有人知道它们从哪里来，它们像毛脚燕一样在房屋周围飞来飞去，以享受美好的时光，重新造访屋檐下它们往日生儿育女的旧巢，嘴里唱出活泼、轻快的小曲调，宛如流水在满是卵石的溪流里流淌似的。夕阳西下的时候，它们会消失得无影无踪，再也看不见，直到又是一个完美的春天般的日子才露面。

7月里，在这样的日子，在任何一个温暖有雾的早晨，我常站在壕沟内面的堤岸上，谛听从广阔无垠的草原上传来的声音，那些都是春天的声音——翅膀上有花矩的凤头麦鸡在从事社交聚会和“跳舞”时经常发出打鼓一般有节奏的呼叫声，还有鹨的歌声，它们高高飞向天空，然后朝着地面慢吞吞地滑翔，同时倾吐出一连串含混不清的曲调。

8月里，桃树开花。这些巨大的老树耸立在绿草如茵的地毯上，彼此相距甚远，延伸最远的树枝尖端都几乎互相接触不到。它们宛如许许多多巨大的云团都由精巧的玫瑰红和粉红的花朵堆积而成。这时节全世界上没有什么能跟那壮观美景相比。在这个季节里，我所崇拜的就是桃花。我记得有一桩事令我感到多么气愤。一天，有一群绿色长尾小鹦鹉一边尖声叫着飞下来，一边在我附近的一棵桃树上歇脚。这种长尾小鹦鹉根本不在我们的种植园里繁殖。它们的家在离这里约9英里的老树林里，它们是从那里偶尔来此做客的，而它们的来访对我们是极大的快乐。这时我特别感到高兴，因为这种鸟所选择歇脚的那棵桃树正是我站立最近的地方。可是桃花密密麻麻盖满了每根枝条，这使鹦鹉十分生气，因为它们找不到足够的空间既可以抓住枝条，又不至于抓到桃花。因此，它们便怀着不耐烦的心情开始用尖利的嘴把它们所站立的枝头上的桃花一一啄掉。它们啄得很快，桃花纷纷落下就像粉红色的阵雨一般，就这样，不到半分钟每只鸟都把树枝啄得光秃秃的，可以自由自在地站在上面停歇了。树上桃花有成百万朵之多，可是只有这里和那里能结成一只桃子。我看见鹦鹉那样满不在乎地让桃花夭折，心里很生气，这种行为即使出现在雀鸟身上也是亵渎，也是犯罪啊！

即使如今当我回忆起那些老桃树鲜花盛开的景象，那些树干的粗大有如人的身躯，那些玫瑰色的桃花之繁多有如无数巨大的墩子或云团衬托在浩渺的蔚蓝天空下，我也说不准我一生中还见过比这更壮丽的景色没有。然而这个壮丽无比的美景只是我在这些桃树上所发现的魅力的一半，而另一半则是树上雀鸟的歌声。那歌声来自一种雀鸟，一种身躯很小，淡绿带黄的草地燕雀，大小跟红雀一样，不过身躯要长些、细些，而且就一般习性而言也跟红雀相似。所以到了秋天，它们就联合成无数的巨大群体，在冬天的月份里也一直是这样，开着合唱的音乐会，直到繁殖季节重又回来才各自散去。在这个国度里没有捕鸟者或对小鸟进行迫害的人，因此这种被土著人称之为“米斯托”的燕雀，它们的群体就比英国所能见到的红雀的群体要大得多。我们在种植园里经常见到一群燕雀，数量有成千上万之多，你会瞧见它们像一片云彩在空中盘旋，然后突然降落，消失在草地里不见踪影，它们在那里寻找小种子、嫩叶和幼芽作为食物。人一走近那里，它们就会嗡的一声巨响，振翅高飞，又开始在附近急速飞翔回旋，一边互相追逐嬉戏，一边吱吱叫个不停；过不多久，大伙儿又会重新降落到地面上来。

8月间，春天开始感染它们的心情，这时它们大白天又不时回到树上；在那里停歇着，一动不动，一呆就是1小时或更多的时间，大伙儿仍一起歌唱不停。这个唱歌季节正是桃树开花的时候，所以它们成家，而且能让人瞧见必然是在桃树上，这些数以千计的小黄鸟就藏身在几百万朵粉红桃花当中，不断倾吐出美妙的歌曲。

在英国可以听见的最愉快的鸟声或吵闹声之一就是一群几百只，有时上千只或更多的红雀在9月和10月，甚至更晚举行的合唱音乐会，随后这些巨大的群体就会自行解散或迁徙到别处。潘帕斯草原上这种很小的草地燕雀，它们唱的歌效果迥然不同。红雀鸣啭的小曲里有停顿和轻微的喳喳声，一大群这种鸟在一起歌唱的时候，在距离50或60码的地方听来就好像树林里在刮一股尖声呼啸的风，可是走近一听，那一团声音就散成几千种混乱的、个别的嗓音，类似一大群欧椋鸟在栖息时发出的叫声，不过更具有音乐性罢了。这就仿佛是几百个小神仙似的音乐家一齐在演奏不同形状的弦乐器和管乐器，每个人都专注于自己的演奏，而毫不顾及别人。

草地燕雀不发出吱吱声或喳喳声，它的曲调中没有停顿或突然的变化，而是一连串拉得长长的音调所组成，开头的声音略为沙哑，可是到结尾却越来越清晰、越明亮，因此几千只鸟同时歌唱就仿佛是完美的齐声合唱，听起来所产生的效果宛如看见缓缓流过的溪水，或者数不清的雨点像银灰色线条不断降落在你眼前一般。这真是一种极美妙的效果，而且就我所知，在具有这种集体歌唱习性的鸟类中，这也是独一无二的。

我记得那时我家有个木匠，是个英国人，名叫约翰，坎伯兰人，他的动作迟缓而笨重，因此常惹得我们笑他。问他一个简单的问题，我们得等他放下手中的工具，用眼睛望着我们约20秒后，才能做出回答。我的一个哥哥给他取了一个外号，叫“坎伯兰乡巴佬”。记得有一天我到桃花盛开的果园去听燕雀的合唱，我惊奇地看见约翰站在树旁边，啥事没干。我走到他跟前，他转脸向着我，那张单调乏味的老脸上现出一种令人大为惊讶的表情——那种神情也许读者中有人碰巧在处于兴奋状态下的宗教神秘家的脸上见过。“听那些小鸟啊！我从来没有听过那么好听的声音！”他大声说，然后迈着艰难的步子干活儿去了。和大多数英国人一样，他无疑也有一种诗意的感情潜藏在他心灵深处。

种植园里还有另一种鸟的不同的合唱。这是普通的紫色牛鹂，属黄鸟科的一种，是美洲的特产，不过据认为跟旧大陆的欧椋鸟有亲缘关系。这种牛鹂的繁殖习性带有寄生性（像欧洲的杜鹃）；由于没有自己的家务事要操心，所以它们一年到头都群居一处，过着游手好闲的流浪生活。雄的一律是很深的紫黑色，雌的则是淡褐色或灰鼠色。夏天，树林里的牛鹂数量多得不得了，老是不断搜寻鸟巢来安置它们的蛋，可是它们却在外面草原上觅食，而且群体巨大，看上去仿佛是一张极大的黑地毯铺在绿茵草地上一样。下雨的日子，它们不去觅食，而是数以千计地聚集在树上唱歌，一唱就是几个小时。在这种日子里，它们最爱聚会的地点是在房屋后面，因为那里的树木生长得很密，而且左右两边还有黑洋槐和两排箭杆杨层层覆盖着，此外还有两排高大桑树所形成的人行道，而道上还有桃树、苹果树和樱桃树。不管风从哪个方向刮来，这里总是平静无事；在大雨倾盆的时候，成千上万的牛鹂都躲在这里，滔滔不绝地倾吐出歌曲，那歌声跟几千只欧椋鸟在栖息时发出的喧闹声很相似，不过声音更大，而且性质也不同，因为那是牛鹂的特别的歌声，开始时是空洞的喉音，接着便是忽然一阵嘹亮的铃声般的音调。

这些合唱的歌鸟——绿黄色的草地小燕雀和紫色的牛鹂——一年到头都跟我们在一起，此外还有许多其他的鸟，要谈它们恐怕需要整整一章呢。7月和8月，我注视着春天的到来，这时主要吸引我注意力的是候鸟，那些每年从遥远北方飞来我们这里的鸟类。在它们来到之前，桃树上的花朵已经凋谢，无数小燕雀的群体已经解散，各自分布在草原各处。后来看到树木抽芽；在柳树发芽之后，首先出芽而且长得最可爱的是杨树。它们的叶子不断出现，仍然是淡黄带绿的颜色，在此期间空中一直弥漫着一种香味，可是我对此还不满足，我要把初生的小嫩叶放在手里，盖在脸上，撕碎揉搓，以便尽量享受那种甘美似香膏的味儿。在所有树木当中，除桃树外，杨树对于新季节的感觉似乎最深切不过，因为在我看来，它们甚至跟我一样感受到了阳光的温暖，而且用散发的香味来表达这种感受，正如桃树和其他树木用开花来表达一样。这种感受也同样表现在它们对吹来的风报以新的声音。这种变化真是美妙极了，那一排排其高无比的杨树几个月来都在用那种奇怪的嘶嘶声讲话和呼喊，一阵狂风吹过更提高嗓门变成尖叫，现在发出的音量却更大、更有连续性、更柔和、更低沉，宛若海浪冲击着辽阔的岸边。

紧接着是其他树种，以后渐渐所有的树木又披上了绿装，准备好接待来自遥远北方的热带森林中的那些陌生的、美丽的客人。

新的来客中最引人注目的是那身躯很小、颜色殷红的霸鸟，它跟我们这里有斑点的鹟鸟大小略同；全身是发亮的殷红，只有翅膀和尾巴呈黑色。这种鸟有一种温柔的、铃子一般的声音，可是令我喜爱它胜过所有其他鸟的地方，却是它那衬托在绿叶丛中闪闪发亮的殷红色。然而，那些同时到达此地的蜂鸟也非常美妙可爱，特别是它飞到你面前，扇动着雾一般的翅膀，始终悬在空中一动不动好一阵，它的羽毛看上去闪闪发亮，好像许多细小的绿宝石般的鳞片似的。

随后前来的还有其他的霸鸟和可爱的燕子——有家燕，它跟英国的家马丁鸟类似，有体大色紫的崖燕，有学名叫golondrina doméstica的家燕，有黄褐色的树燕。接着来的还有黄嘴的杜鹃——由于它的叫声也称为"布谷"。我年复一年地总要等着倾听那含有深沉神秘感的叫声，在9月下旬那声音听起来像是"苦—苦—苦—苦—苦"，正如英国小孩4月间等着听他的杜鹃叫声一样。那声音里类似人声的特征，再加上发声的那种方式常给人以吃惊的印象，使人产生一种想法，认为那不单是鸟的叫声，还含有更多的意义呢。后来到了10月，天气炎热的时候，我就跑去搜寻它们的巢，这种一种易碎的平台，由几根树枝搭成，里面盛着4–5个椭圆形的蛋，大小跟斑鸠的蛋相同，表面呈淡绿色。

夏天来做客的还有其他雀鸟，可是我不能一一谈及，因为这一章关于这个话题的内容已经太多。这些鸟朋友对我十分重要，因此我常想把早年时期这些素材写成一本关于雀鸟等等的书。我还要较多地谈谈种植园、树林，以及它们对我心灵产生的影响。

沙铭瑶　译

追寻植物

〔俄罗斯〕巴乌斯托夫斯基

巴库的上空，阴沉的北风呼啸。尘土弥漫着城市，就像火山喷发一样。在拥挤的市场上，有几个老态龙钟的人在无精打采卖“别利丘木”。

“别利丘木”是一种口香糖。蝴蝶吮吸一种不知名的植物汁，然后变成茧。这种茧充满树脂。人们由于无事可做，便买来茧咀嚼。这种茧就叫做别利丘木。

我先讲讲别利丘木，然后再去说北风。总而言之，为了使读者能开宗明义，必须说明一下，这篇特写写的是应用植物学和新品种研究所的工作。

这种别利丘木引起疑问——它一拉老长，弹性特大。经过化验，发现它含有橡胶。问题有头绪了。又化验了蜕掉这种橡胶茧的蝴蝶。原来这些蝴蝶就寄生在粉苞苣的根上，从中吮吸汁液，而粉苞苣的根含有橡胶。

于是开始寻找粉苞苣。光在外高加索就找到了好几种。但是它们不含橡胶——原来的设想都落空了。别利丘木骗了我们。

大家知道，科学家的顽强精神是惊人的，可以使最冷静的人都失去控制能力。他们继续寻找下去。

他们终于在中亚的沙漠里找到粉苞苣的优良品种，并从中化验出橡胶。沙漠粉苞苣的根部就像患关节炎的骨头一样，长着包和瘤。这些瘤就含有橡胶。

光找到粉苞苣还不够，还要加以人工培育。大家知道，家里饲养的鸡和猪，要比野生的带来更大的益处。这个规律也适用于植物。不过人工培育植物，要比驯化野猪更难。这是一种细致的艺术，要求有丰富的经验、顽强的精神和坚强的毅力。对植物要寸步不让，不然它就会不服从管理。

橡胶灌木银胶菊最清楚不过地说明了人工培育植物的过程。

世界上任何国家也没有美国吃橡胶吃得那么多。美国可以利用橡胶制作四千种食品。每个美国人，包括婴儿在内，每年大约消耗三公斤橡胶。其中有五分之四用于汽车轮胎。因此北美狂热地寻找新的橡胶植物。

在得克萨斯州的草原里发现一种像野蒿一样银白色的灌木，它就是银胶菊。用银胶菊提炼橡胶十分容易，因为橡胶并不溶解在植物的汁液里，而是呈干颗粒状保存在茎和叶子里。

银胶菊整棵地连根拔出来，经过压榨、晒干，粉碎成粉末，再把粉末溶在水里。橡胶比较轻，浮在水上，呈白泡沫状。再经过碾压机，便产生出一种薄薄的橡胶带。

加工的方法也找到了。于是开始顽强的人工培育工作。结果发现，水分过多会减少银胶菊中的橡胶含量。因为水分多，植物贪青，而橡胶必须在安静的状态中才能积累。

于是想尽一切办法让它保持安静。尽量不让它长得过快，不让它喝太多的水，保护它的昏睡状态。为了银胶菊的播种和收获，都设计了专门的机器。甚至还发明了一种很精巧的机器，可以丝毫也不打扰它的安静，从它身上把种子收下来。

然而光有银胶菊，美国还嫌少。虔诚的福特[1]梦想称霸世界，认为一旦发生新的战争，银胶菊会使美国倒霉。因为银胶菊只有长到四年，才能提出橡胶。打起仗来，可没有工夫等这慢腾腾的植物一点点积蓄橡胶。战争时期需要战争的速度。

福特开始寻找符合战争速度的植物——只要一年就可

---

[1]当指汽车大王福特(1863—1947)。

以提供橡胶。这种植物也找到了，就是白薇。美国有个佛罗里达州，气候湿润，风景像它的名字一样美丽。福特就在这个州设立了试验站，并让不朽的老人爱迪生对这种植物施加魔术，采用榨取方法。

爱迪生的试验被当成军事秘密。白薇种植场也严格保密——美国正在那里准备新的战争。

苏联科学家掌握了粉苞苣的人工培育。等到1925年从美国引进银胶菊时，已经是经过人工培育的品种，我们把这个品种的种子播种在苏联的各地。银胶菊长得很好，抗住了严寒，结出丰硕的果实。今年银胶菊已经成熟，将收获第一批橡胶。

现在再说严酷的北风。北风把大量尘土吹到巴库。巴库是被炎热烤得龟裂的黄沙漠中的庞大城市。城市四周都是黏土和被烟熏得发灰的山峦。

要使巴库免受北风之害，只有种树。然而有什么树会同意生长在这可怕的土地上，还要受狂风的蹂躏和烈日的烧烤呢？巴库没有树。只有车站前面长着三棵白杨，上面落满麻雀——这是整个巴库的麻雀，因为它们再也没有树可落了。麻雀的鼓噪声甚至压过了火车头的排气声。

新品种研究所的科学家们断言，巴库的风害可以治理。不仅是巴库而已，顿巴斯的大小城市在开阔的草原上，四面来风，还吹来尘土和大型炼钢厂的煤气。治理的办法就是种臭椿。

臭椿是一种很美丽的树。它既不害怕工厂排放的烟和煤气，也不怕干旱。它还能从煤气和北风中吸取自己生长所必需的物质。

在美国的宾夕法尼亚州，煤矿区就遍植臭椿林，公园种的也是臭椿。

巴库的四周应该用臭椿修建一片防护林带。

苏联的森林比较单调：桦树、云杉、松树，桦树、云杉、松树，可以让人麻木。需要新的品种，需要引进美洲、亚洲、非洲的——世界各地的——种树，移植到我国气候和土壤都适宜的土地。这不是异想天开，这是必须做的事。

我们大家在内心深处都为森林将被毁灭而恐惧万分。大地变得光秃了。森林的采伐要比树木生长更快。乍看起来，这种绝境似乎没有出路了，其实不然，出路是有的。

我国北方的领土多么辽阔广大，我们应该移植那些生长快并且能提供优质木材的树种。

有一种香树胶冷杉，一年可以生长五十厘米。有一种塞尔维亚云杉，二十四年可以长成六米高的树木，还有西伯利亚落叶松和扫帚松。如果把我们的云杉和红松比作牛车的话，这些树可以说是快马。

有的树能像海绵一样吸干沼泽。应该在白俄罗斯种植。波列西耶的沼泽像天空一样深不可测。我去过那一带，那里阴森辽阔，沼泽和泥潭犹如迷宫，方圆几公里之内每走一步都会陷进去，一片荒凉和死一般的沉寂，都令我终生难忘。

加拿大白杨和落叶松能赶上几万台水泵，吸干这些沼泽，并把水分像蒸气一样抛洒到空间。

有的树适宜盐碱地，有的树适宜沙土地。在草原里应该种桧树和洋槐，盐碱地应该种柽柳。

植物都是从南往北传播的。南方是植物的巨大的电容器，是温暖和人类文化的发源地。

南方由于树叶茂密而发黑，橙子长在树上，像一块金子似的闪闪发亮。植物学家的目光注视着南方，就像罗盘的指针指向北极的冰原一样。

因此，新品种研究所便到南方去寻找植物。

人工培育植物有几个发源地，它们跟文明的发源地是一致的。印度、阿富汗、波斯、安纳托利亚和外高加索是黑麦、小麦和亚麻的故乡，中国和日本是大麦、燕麦和稷子的故乡，地中海沿岸是油橄榄和无花果的故乡，阿比西尼亚、墨西哥、秘鲁和智利是马铃薯、玉米、烟草和棉花的故乡。

应用植物学和新品种研究所向这些地方派出考察团。他们去寻找苏联所需要的植物。研究所所长瓦维洛夫教授简短明确地规定了研究所的任务：

“充分利用全球的植物资源，把大自然和人类在数千年之间所培育的全部品种都集中到苏联来。”

这句话说得庄严、简洁而有分量，真是金玉良言。

研究所考察团带回来的考察结果有时是残酷无情的。耐心的育种家要花上几十年的时间才培育出一种新品种，比如说抗旱小麦，而考察团就带回来现成的抗旱品种。育种家的劳动化为泡影，然而他感到的不是失望，而是兴高采烈。

考察团已经给苏联带回来许多新植物的种子，如银胶菊和其他橡胶植物、香精油植物、纤维植物、饲料植物和油料植物。

近年来这些考察团都到过什么地方呢？这里我只举几个国家为例。

到过蒙古，考察团组成骆驼队，走了五千公里。找到燕麦和小麦的新品种，收集了几千种人工培育植物的种子。

阿富汗考察团研究了黑麦的全部历史，带回来七千种植物种子。阿纳托利亚和叙利亚考察团带回一万种植物种子，地中海沿岸国家考察团带回一万两千种植物种子。这个考察团整整工作了半年，还带回来千年生的油料植物的种子。

拉丁美洲国家考察团是最大的考察团之一，带回来了橡胶植物和许许多多新品种，光马铃薯就有一百种，还有玉米、大豆和其他植物。

帕米尔考察团于1927年在海拔三千米的寒冷的高山地区找到了饲料草苜蓿，收集了种子。送到北方，估计会长得不错，会得到丰收。

我不想继续列举这些考察团的光辉名单。上面这些就够了。美国人为科学考察团建造豪华的快艇，艇上的水晶玻璃和红木闪闪发亮。我们的考察团十分简朴。他们常常睡在仓房和牲口圈里，一边数着热带的星星，或倾听老牛的呼哧声。

他们带回来的种子首先在研究所的试验田里栽种试验。不过试验田倒是够大的——从北极圈到阿富汗边界，从海参崴到立陶宛边界。

研究所在对植物进行研究的过程中，有很多有趣的发现，其中有些发现乍听起来十分荒唐。比如他们发现了植物的白昼有长短不同。

在北方有白夜、夏季白昼长的地方，南方植物就不能成熟。为什么？您不要急于回答。因为您一定会说，南方植物到了北方温度不够，那就错了。

根本不是因为温度不够，相反倒是光照过多。

南方夏季的白昼要比北方短，所以南方植物到了北方，由于光照多而疲惫憔悴，它们需要的是南方的漆黑的夏夜。研究所做过试验，种在北方土地上的南方植物经过人工遮光，长势良好，植物成熟得很好。比如从印度支那半岛带回来的棉花在苏联就长得好，棉花纤维放在羊毛中间都无法辨别。南方的芜菁到北方也获得成熟。

第一个寻找植物的是美国人。美国人跑遍整个世界，在中国找到了半公斤重的桃子，在西藏只长青苔的山岩上找到了燕麦。

这种寻找植物的意义不亚于美国出现了杰克·伦敦[1]。美国植物学家罗克深入到暹罗山区，在他以前白人从来没到过那里。罗克听说暹罗人用一种不知名的植物榨油，可以治麻风病。罗克一直在跟危险捉迷藏，每走一步都有生命危险，但是他终于把这种植物找到，并把种子带回美国。

美国人找到了容易过冬的甘蔗，还找到一种植物块根可以制造供飞机螺旋桨用的糨糊，在卡什哈里沙漠还找到了野生西瓜。

美国人找到了抗寒的甘蔗，这很容易理解，因为美国吃掉的白糖，跟别的国家吃的面包一样多。有的国家每人一年要吃掉八十二公斤白糖，比如桑德维奇岛就是如此。

再过十五年到二十年之后，苏联每年就需要六百万到一

[1]杰克·伦敦(1876—1916)，美国作家。早期以描写北方的中短篇而出名，如《荒野的呼唤》，晚期写有长篇小说《马丁·伊登》。

千三百万吨白糖，而白糖的价格不会比面包贵。但是光靠甜菜生产不出这么多白糖——只有乌克兰能种甜菜，在森林与草原相连的地带，白糖就不够用了。

需要有新的制糖植物，并且已经找到。首先就是"甜秆"——甘蔗。我们有北极地带，也有自己的热带，这就是巴统沿岸。初步试验证明，爪哇甘蔗在苏呼米和巴统成熟得很好。

其次是玉米和高粱。玉米糖造价最便宜。玉米糖特别适于制作水果罐头。可以在第聂伯工程附近开辟广大的玉米种植场，并同时建造水果罐头厂。高粱在南部草原和亚速海沿岸也长得很好。

目前只有弗拉季高加索有一家工厂用玉米和高粱制糖和糖浆。准备在别斯兰车站附近建造第二座大制糖厂。

菊苣开的蓝花，很像咖啡味。咖啡带有外国情调，而朴素的菊苣生长在俄国中部的田野里，默默无闻。

这种菊苣长得朴素简单，生长在贫瘠的土地上，既不怕严寒，也不怕害虫。菊苣可以提供优质糖。易比河上的舍讷贝克工厂第一家用菊苣榨糖。这个经验可以应用到苏联。

乌克兰的秋天，在亚速海沿岸，天气凉爽，散发着熟透了的香瓜味。一片片金黄的瓜田方圆足有几公里，被蜘蛛网罩得有些发白。看瓜的老头儿掉了牙，坐在窝棚里叹气。他们用颤抖的双手抱住西瓜一挤，听瓜裂开的声音就知道瓜香不香，熟不熟。涂树脂的渔船从海上驶来，装载满船西瓜，运到塞瓦斯托波尔、罗斯托夫和奥德萨。

瓜田就是糖的种植场。农民用香瓜制蜜汁。有些香瓜的品种，含糖量达百分之十八，而西瓜和南瓜的含糖量占百分之十二。一公顷地的瓜可以产糖四千公斤。

这样一来，带田园诗风味的瓜田和田园诗所描写的看瓜人就会变成糖种植场，而工业化世纪的热风便会打碎老祖宗留下的瓜田平静的梦。

苏呼米市场上卖一块块淡紫色的皮，论厘米卖。这种皮用嘴嚼，感到辛辣可口。这是用野生的樱桃李压制而成的。这种樱桃李还可以制作辛味调料，放到油腻的亚洲菜里，当地人还用做芥末。吃这种芥末会喘不上气，眼睛充血。

1922年我到过采别利达附近的山区，在一片好像处女林似的荒芜的大果园里睡着了。附近的山峦蓝得发亮，把清爽的气浪送下山来。小巧的橙黄色的樱桃李从高大的树上落下，掉在脸上。樱桃李味甜，略带酸涩。

当时我还不知道，在我国的北极地带，这种果实就像面包一样不可或缺。我不知道到北极旅行的人把它看得比金子还珍贵，因为樱桃李是治坏血病的特效药。

有的樱桃李树树干很细，长到四米高仍然上下一般粗，只是到了树梢才长成树冠。战前这种樱桃李树曾从苏呼米送往巴黎，去装饰凡尔赛宫的花园。

就这样，野生植物也载入了史册。

我认识一个人专靠嗅觉辨别周围的事物。他是个近视眼，注意力又不集中。注意力不集中跟聋子差不多，对声音根本不注意听。因此他在生活中主要靠闻味。黄昏散发出尘土味和雨味，大海是冰味，墨水是铁锈味。海员在船上会比一般乘客早半个小时看到岸上的灯火，而他能比一般人早半个小时闻到气味。他可以说是品味专家。当我要写到芳香植物的时候，不禁想起了他。

我又不能不提到外国植物，第一个就是香旱芹。它生长在印度，但是在中亚很容易培育。它含有大量百里酚。百里酚可以防腐，可以预防感染，所以可以用它的汁液做香皂和牙膏。

法国作家皮尔·安普写过一本书叫《歌之歌》，仿佛全书都浸透了香味。书中描写的是法国南部的化妆品生产。他不厌其烦地描写了薰衣草。

薰衣草油用于制造香水和清漆。把薰衣草花点着，用烟来熏毛皮和布料，可以防蛀。每到秋天我们都感到强烈的臭樟脑味讨厌，可以用薰衣草味代替它，薰衣草味淡而温暖。薰衣草也能制浓蜜。它生长在南国的向阳坡上。收获的时候必须在炎热而无风的天气，不然会有一半香味飞掉。薰衣草花干燥之后，可以经过许多年而浓郁的香味不散，所以家家都铺在地毯底下。

在我国，薰衣草可以在黑海沿岸的克里木山地牧场培育,从新罗西斯克一直到图阿普谢。

荷兰是最爱用和兰芹的国家。做面包加和兰芹,奶酪加和兰芹，甜酒也加和兰芹——这个习惯就是从荷兰发源的。从前和兰芹的种子很容易被风吹落,这样一来有一多半都收获不到。荷兰人培育出种子不落地的新品种,这样就从根本上改变了大自然的规律。

偏僻的洋绣球是小市民舒适的象征,平时摆在擦得干干净净的玻璃窗后面,红艳艳的,很像待嫁姑娘坐在那里,原来也可以代替玫瑰油。洋绣球来源于阿尔及利亚。阿尔及利亚由于洋绣球太多而成为祸害,尤其是它那浓烈的味让人受不了。洋绣球的全部价值就在散发气味的叶子上。

最后是鸢尾和酸橙，它们都来自佛罗伦萨和卡拉布里利。它们可以提取香精,用来制造香水。

苏联不用多少时间就可以生产芳香产品出口。芳香产品很容易变成外汇。

我有意没提银白金合欢。这种灌木在从巴统到兰奇胡季的铁路沿线上连成一片。这种金合欢可以提供上等鞣酸。我还没提阿比西尼亚的画眉草。它可以做饲料,甚至在沙土上都可以生长。我还没提新品种小麦和其他许多作物。研究所所从事的工作，即使用电报式的简单语言写成文字，也要写成几大本，足有五六百页之多。

九月树开始落叶。全国都铺上一层金黄和蔚蓝。在寒冷的阳光里，树叶像雨一样慢慢飘落，发出簌簌声。莫斯科河把一片片的落叶送走。落叶散发着酒瓶的软木塞味。

树叶是怎么死的呢？原来在叶柄的根部长出一层软木，把树叶跟树枝分开，只要风轻轻一吹，树叶就盘旋着落到地上。

薄薄的软木层在脚下沙沙作响。树龄到四十岁的白桦，会长出二十五万片叶子。这些叶子足有三十二公斤重。一公顷白桦林每年秋天会脱落三万两千公斤枯叶。这是多少软木，丝毫没有利用就腐烂在森林里了。

真正的软木要从栓皮栎的皮层提取。栓皮栎的发源地是西班牙和阿尔及利亚。不过在苏呼米近郊的斯梅茨基果园里也长栓皮栎。库塔伊西附近也有栓皮栎林。栓皮栎不仅在外高加索能生长，在克里木也很适宜。

我们不久之前才开始寻找生产软木的树木。不过已经在远东和乌克兰找到一种黄柏。黄柏外皮可以制软木，内皮可以做黄颜料，木材可以制造有弹性的滑雪板和飞机部件。还找到一种叶榆也含有软木，只不过它的软木层呈环状。

我们周围有闻所未闻的财富。蓬勃生长的植物会像茂密的树丛一样遮天蔽日，把我们盖住。植物里压缩着珍贵的资源。这些资源可以写成几百部书，并要花费许多时间去研究。植物虽然静止不动，却可以产生奇妙的效果。你如果寂寞，清新的香味可以溶化它；你如果疲倦，摸摸凉爽的树叶可以驱散它；而人工培育的银胶菊，包含着天才的思想。因此，我要把这篇特写献给一切看不到我们时代的浪漫精神而为过去的激情唱挽歌的人。有斗争的激情，也有坚持不懈的天才工作的激情。有彼列科普战斗的浪漫，也有育种学的浪漫。它们可以媲美。

1930年

王士燮　译

草 原

〔俄罗斯〕邦达列夫

有时，我往往试图回忆起自己对世界的最初接触，希望这样能使自己回到那个充满着幸福的惊奇、朦胧的欢乐和最初的爱恋的天真烂漫时期，并恢复后来长大成人以后，再也没有那样纯真和敏锐地体验过的情感。

我是从几岁开始记事的？当时是在哪里？是在乌拉尔，还是在奥伦堡草原？

当我向父亲和母亲问到这一点时，他们也没有能确切地回想起我那为时已久的童年的详情。

不管怎样，过了多年以后，我总算明白了，被意识捕捉到并且仿佛停留下来的最最幸福的一瞬间——就是过去与现在、永逝与永恒、童年与成年奇妙相交的那一瞬间，就像美梦与现实结合时那样。不过，也许有可能，最初的感觉就是祖先们、我的曾祖辈的血液在我身上的隐约脉冲，就是要我回到几百年前某次民族大迁徙时期的那种血液的呼唤声，当时，草原上每夜都狂风怒吼，猛烈地摇晃和扑打着瓦灰色月光下的草木，众多的四轮大车在尘土飞扬的道路上发出的吱呀声，与蝈蝈那原始的唧唧叫声混杂在一起，并伴以大车的叮当铃声，响彻了幅员辽阔的茫茫草原，那里的空气白天被烈日晒得既热又干，不断散发着马群气味……

不过，我所记得的首要的东西是：大清早那湿润清新的空气，露水淋漓、肥壮多汁的青草，还有那高高的河岸，我们在赶了一夜路之后显然在那里停留过。

我坐在草地上，身上裹着某种气味很浓、暖和而又柔软的衣物（大概是一件羊皮袄），坐在紧紧挤在一起的我的兄弟姐妹（我从未有过的兄弟姐妹）之间，而紧挨我们坐着的是一位老奶奶，她也裹着某种深色衣物（我只清楚地记得她头上的一块农村式头巾），像是一位温和、沉静和安详的家庭妇女。她微微向我们倾斜着身子，仿佛是为了用自己的身体给我们取暖，保护我们免遭黎明前的寒冷（这一点我看得出，感觉十分清楚），——这时，我们大家像着了迷似的，望着从对岸草丛中升起的一轮红日，它特别大，极好看，像个大火球，离我们很近，近得令人难以相信，它那万道光芒闪亮耀眼，整个儿映照在粉红色的平静的河水当中，这使我们在幸福的静默中内心满怀虔诚的期待之乐，似乎与朝阳那清晨的温暖融成了一体，我们已经感觉到这种温暖，它就在洒满了露水的草原上，那无名小河的岸边。

令人惊讶的是——就像在电影里或梦中那样，我看着高冈、草地、河水和河上的红日，看着我们大伙儿在那个高冈上，在黎明前的寒冷中，身裹皮袄，由左向右倾斜着身子，黑乎乎地挤作一团，还看着那位高出我们之上的祖母或曾祖母(这似乎是从旁边看的)，却不记得任何一个面孔。我只觉得有一个白白的、模糊不清的形象，那不是面孔，而是农村式头巾下面一个善良的白圆点，即便如此，我对她，对于展现在草原晨光中的河畔上、与那不清晰的面孔不可分割的这种美妙景象，不由得产生了一种儿童式的护卫之情和一种莫名其妙的怜悯之爱。从那以后，再也没有遇见过那位祖母或曾祖母……

每当我回想起这个半醒半睡中的意境片断，就觉得仿佛有一种难以表达的、使我似乎处于温柔拥抱之中的安宁幸福心情，仿佛在向某地迁移的长途跋涉中的某个地方，在我们看着迎面那红日从草丛中升起的那一片刻，世间的一切善良都展现在了面前。可这是迁移到哪里去呢?

更加奇怪的是：我却记得迁移途中的光彩、气味和时间，记得期待着慢慢接近见所未见、闻所未闻的美景，接近那一切都会令人欢心的乐土时的心情。

因此，从我的记忆的深处往往出现一个灰暗的阴雨天，出现一座离一条宽河的渡口不远的大木房，河那边隐约地显现出一个像是城市的模糊轮廓，那里好像有教堂和花园，还有某种形象不完全固定和不大清楚的景物，但反正是一个大城市。

我看不见自己——不知自己是在房里还是在房外。我只是想象着有一处潮湿的土台阶、一些刻有花纹的门窗和一条被畜蹄踏破了路面的大道(从这座房子通向河边)，觉得有下雨的簌簌声，还觉得马上就会有人来叫我，而在周围那湿润的空气中淡淡地散发着马身、马具、马粪的温和气味和面包的香味——这些异常美好的气味，像生命和运动那样是永恒的，至今仍常使我苦苦怀念。

可是，为什么在我身上，在一个城市人身上，会有这种情况呢？莫非是草原祖先们的血液在我身上的冲动？当我是成年人的时候，有一次，我还问母亲，那一天是在什么时候，还有，遇到那场雨，见到那个渡口和河那边的城市，是什么时候的事？她回答说，当时在人世间还没有我。不妨认为(似乎是这样)，她不记得那一天了，就像父亲不记得永远留在我记忆里的那个夜晚一样。

那是在一个黑夜里，我躺在一辆装满芳香干草的大车上，那干草的芳香如此甜美，使我觉得头脑渐渐旋转起来，头顶上那只有草原之夜才有的、远得可怕、巨大无边的黑色星空也随着旋转起来，这时在我眼前，群星刺眼地忽明忽暗，微微颤动，闪闪发光，不断神秘地改变着队形，高空的银河分成了两条，像发光的白色雾流，在那里，在黑暗的苍穹深处，不知正在发生或完成着什么吓人的或可喜的不可理解的事情……

而在那天幕下边，我们的大车缓慢地、晃晃悠悠地行进在草原的大道上，我这时好像遨游在天地之间，兴奋得连心都快要停止跳动了。令人感到难以言状的兴奋的，还有：宇宙那星光点点的黑色空间全部展现在我的上空，夏夜中的整个草原处处充满了蛐蛐那银铃般的叫声，它们如痴如狂地叫着，连一秒钟也不停息，使我觉得仿佛从那雾气腾腾的银河中的灿烂皇宫传来一种尖细的银器的响声，清脆入耳。

这时，大车在我身下懒洋洋地摇晃着，时而发出咯吱咯吱的响声，慢悠悠地移动着，尘土松软地附在车轮上，从里面看不见的马匹轻声打着潮湿的响鼻，使人不断闻到干草的辛香和马汗那挺好闻的气味。只有这些，才使我感到自己仍在人间。这些我已习惯了的响声和气味，使我回到了大地。与此同时，我却不能摆脱那以其不可解释的星空秘密而引人入迷的天空，因为面对这不可理解的甜美世界，不知为什么，我感到一种不可遏止的高兴。

“我爱所有的人，”我想，“所有的人也都爱我。一辈子都会这样。”

随后，父亲紧挨着我轻轻活动起来，我接着听见了他那刚睡醒的咂嘴声，感到了他那烟叶和衣服的气味，一股熟悉的、又酸又涩的气味；父亲显得黑糊糊的，坐在干草上，瞧了瞧四周，看了看微微发白的道路，小心地拿起一支步枪，轻轻扳动了一下，枪闩，发出了轻微的钢铁响声，取出子弹夹，用袖子把子弹擦干净，又咔嚓一声把它放进去。然后，父亲低声对母亲说，前头是一个镇子，镇上有人常干些坏勾当：三天以前就在那里打死了一个人。我愣住了，闭上了眼睛。只是过了几年之后，我才问起父亲，用几句话表达了我失去平衡的那一片刻：他自己可曾打死过人？那是怎么一回事？打死人是否可怕？为什么？

当我二十一岁从战争中回来以后，就再也不向父亲提出这类问题了。

不过，在战后的生活中，童年时代感到的那种与天空的结交和融合，在世间万物面前的那种内心的兴奋，就再也没有重现过。

王子英　译

白草

〔俄罗斯〕索洛乌辛

我们的河上有一些那样幽静偏僻的地方，如果穿过树木互相纠结而且到处长满荨麻、简直无法通行的密林，坐到水边，那么你会觉得自己是处于一个孤独的、完全与世隔绝的世界。

以最草率的目光来看，现在世界仅仅是由两部分构成的：绿荫和水。然而就连水里，映照在它那整个镜面上的，也同样是一片绿荫。

现在让我们一点一点地扩大我们的注意力。于是几乎与看到水和绿荫的同时，我们看到，不管河道多么狭窄，也不管树枝怎样在河床上方纵横交错、密密地纠结在一起，但在创造我们这个小天地的过程中，天空仍然起了一定的作用，而且这作用并不是微不足道的。它时而是灰色的,——这是在天刚蒙蒙亮的时候，时而在灰色中透露出一点儿玫瑰红，而在庄严的日出之前,它又变成了一片鲜红色,有时它又是金中透蓝,最后变成一片蔚蓝,在盛夏季节晴朗的日子里,它就应该是这个样子。

注意力再继续扩大一些，于是我们清清楚楚地分辨出：我们觉得似乎只不过是一片绿荫的一切,完全不只是单纯的绿色,而是一些可以细细区分的、十分复杂的东西。真的,如果在水边铺开一块平坦的绿色帆布——那才真叫美哩,那才真是妙不可言,望着这平坦的绿色帆布,我们真要情不自禁地赞叹说:“这真是地上天堂啊。”

从树上伸出一根炭一般黑的弯弯曲曲的老树枝,悬挂在水面上。当初它也曾在风雨中喧哗,而现在却已默默无声。它那春天的嫩叶也曾被雨点打得簌簌颤抖,而现在它已不再战栗,它已经把闪闪发光的鲜黄的叶子统统撒落到水里,把它们挥霍光了。炭一般的黑影倒映在水上,只是在遇到睡莲的圆叶的地方,才会被莲叶切断。

这些睡莲叶的绿色和四周映在水面上的树荫大不相同,也不可能和它们融成一片。

稠李的未来的浆果,个儿已经长足了。现在它们光滑而又坚硬,简直像是用绿色的骨头雕成,再磨光了似的。

爆竹柳的叶子,有时让人看到它翠绿色的正面,有时却翻转来，露出无光泽的银白色的背面，因此整棵爆竹柳，它的整个树冠，可以说，在总画面上看上去好像一个明亮的斑点。

水边长着野草，它们都朝一边弯着腰。但后面的草却似乎踮起脚尖，竭力伸着脖子，哪怕是从同伴们的肩后探出头去，但一定要看到水。这里有荨麻，也有一些很高的伞形野花，我们这儿谁也不知道它们叫什么。

但为美化我们这个与世隔绝的小天地出力最大的，是一种高大的、开白花的草本植物，它的花华丽极了。也就是说，每一朵单独的小花都很小，简直不易察觉，但每一根草茎上，花都多得不计其数，形成一顶十分华丽、稍有点儿发黄的白色花冠。因为这种草从来都不是一棵一棵地单独生长，所以华丽的花冠汇合在一起，简直像一片白云凝聚在静止不动的林间草地上，睡意正浓，还有一个原因，使人不可能不注意它，不可能不欣赏它；只要太阳一把它晒暖，就有一团团看不见的轻烟，一阵阵浓郁的蜜香，像无形的云朵，从这白色的花之云上飘向四面八方。

看着大片大片华丽的白花，我常常想，这是一种多么荒谬的情况啊：我是在这条河上长大的，在学校里也教会了我一些东西；每次我都看到这些花，不仅是看到，而且能从其他花中认出它们来；可是要是问我，它们叫什么，我却不知道。不知为什么，一次也没听到其他也是在此地长大的人提到过它叫什么。

蒲公英、母菊、矢车菊、车前草、风铃草、铃兰——对这些，我们的知识还够用。我们还能叫得出它们的名字。不过，为什么立刻就下结论呢，也许，只有我一个人不知道吧。不，不管我指着白花问村里的什么人，农民们都摊开双手说：

“谁知道呢。它们长在河边，树林中的谷地里，凡是比较潮湿的地方，都多得很。可是叫什么……你干吗要问它呢？花就是花，既用不着收割，也用不着脱粒，也用不着向国家交售，不是吗？就是没有名字，闻闻它还是可以的。”

我要说，一般来说，我们对于大地上周围的一切都有点儿漠不关心。不，不，当然啦，我们都喜欢说，我们爱大自然，无论是这些小树林，小丘，泉水，还是夏天半空中红艳艳的温暖的晚霞，我们都爱。啊，当然啦，还有采集一束鲜花。啊，当然啦，还有倾听鸟鸣，当森林里还是一片墨绿，黑得几乎让人感到凉意的时候，侧耳倾听在金色的林端卖弄歌喉的小鸟的啁啾声。还有去采蘑菇，钓鱼，还有：就这样躺在草地上，仰望空中飘浮的白云。

“喂，现在你这样无忧无虑，怡然自得地躺在草上，这种草叫什么啊？”

“什么叫什么？草。啊，那里……大概是什么冰草，要不就是蒲公英。”

“这儿哪有什么冰草啊？这儿根本没有任何冰草。你再仔细看看。就在你身子底下长着二十来种各式各样的草，它们每一种都有自己的名称，不是吗。咱就不说它们当中每一种都有什么让人感兴趣的地方了：要么是它的生活方式，要么是因为它能治病。不过这已经似乎是我们的智慧无法理解的奥秘了。这些就让专家去研究吧。可是不妨知道它们叫什么名称啊，仅仅是普通的名称。”

从四月起直到开始出现霜冻，在我们树林里到处都有的二百五十种蘑菇(顺便说说除了很少几种以外，几乎都是可以吃的)，我们认得出、叫得出名称来的，未必有四分之一。

关于鸟，我就不谈了。有谁能够肯定地告诉我，这三只鸟中哪一只是欧鸲——反舌鸟，哪一只是鹪鹩，哪一只是白腹鹟呢？当然啦，会有人能断定的，但是不是每一个人都能呢？是不是三个人里就有一个人，是不是十五个人里就有一个人能够肯定呢——问题就在这里。

……在莫斯科遇到了我的朋友和同乡(邻村的人)沙夏·柯西岑，我们立刻回忆起我们的故乡来，我们回忆起叫做“母鹤”的森林，回忆起那条叫做沃尔夏的小河还有消失在“母鹤”中的多尔吉深渊。

“我们最喜欢‘母鹤’里面的芳香，”沙夏·柯西岑愉快地眯起眼来，回忆说，“随便哪里，随便在哪一条河上，随便在哪一片森林里，我都没闻到过这样的香味。不能单独地分别说，这是荨麻的香味，或者是薄荷的清香，要么是这个……它……嗯，你知道的，那种白草……很华丽的，嗯，你知道我说的是什么……”

“我知道你说的是什么，不过我自己有一百次打算问你，这种草叫什么。原来你把它的名字忘了。”

“不知道，而且也忘了，”沙夏笑着说，“总之，不妨打听一下。你该问问村里的当地人，他们会告诉你的。”

“难道我没问过吗？问过好多次了。”

“我想起来了，得去问我父亲。不是吗，他当过四年护林员，他什么都知道。规定要让他们，让护林员收集各种树籽和其他植物的种子。他在看这方面的书。对，对，你和我父亲可不能开玩笑。要知道，在这方面，他什么都知道得一清二楚。至于这种草——那还用说吗。我们住的那座看林人小屋周围，简直就是个植物园。”

有一年夏天我和沙夏在村里见了面，他那位无所不知、无所不晓的父亲就在附近，甚至经常和我们坐在一张桌子旁边，我们却把我们那种香草给忘了。冬天我们在莫斯科又想起了它。我们悔之莫及：瞧，有可能打听出来了，却忘了问。第二年一定要问问这位从前的护林员。我们急不可耐，甚至急到了这种程度，想要赶快写封信去，甚至想发一封电报。

但我们想起白草，通常都是在晚上很晚的时候，不是在家里，而是在做客，在吃晚饭的时候，要不然就是在饭馆里，当我们沉醉于特别富有诗意的那一瞬间，特别鲜明地回忆起“母鹤”和沃尔夏的时候。大概只有这一点，才可以解释，为什么我们在三年当中既没有写信,也没有拍过电报吧。

有一次,我们所盼望的一切条件都凑齐了:我和沙夏碰在一起,巴维尔·伊万诺维奇就在我们身边,我们也想起了我们那简直像谜一样神秘的白草。

"对,对,对,"巴维尔·伊万诺维奇精力充沛地连声说,"怎么!难道我会不知道这种草吗!?它的茎中间还是空的。有时候,口渴得很,想要喝水,可是泉水在很深的雨水沟里。你马上砍下一根一米长的草茎,用它来吸水喝。它的叶子有点儿像马林果的叶子。花是白的,而且十分华丽。香味那个浓啊!有时候,你坐在河边钓鱼,百步以外就能闻到香味。怎么,难道我不知道这种草吗?!你呀,沙夏,难道你不记得了吗,河对岸我们的护林人小屋周围长了多少啊? 割都割不完。"

"那么别折磨人了,你说,它叫什么。"

"白草。"

"我们知道它是白的,可是它的名称叫什么呀。"

"你们还要什么名称呢? 比方说吧,我就经常管它叫白草,而且我们这儿大家也都是这样叫法。"

我和沙夏笑了,虽然,我是这样想的,这位经验丰富的巴维尔·伊万诺维奇并不完全理解我们笑的原因。白草——突然觉得好笑。你试试看,猜一猜这时候他们在笑什么吧。

非琴 庆云 译

泊夫兰[1]

〔日本〕森鸥外

只闻其名而不知其人的情况很多，不光是人，一切事物都是这样。

人们都说我打小时候就喜欢书，然而，在我出生的时代，既没有少年读的杂志，也没有岩谷小波君的童话故事。手头上只有据说是祖母出嫁时带过来的《百人一首》[2]啦，祖父为木偶戏配唱时留下来的剧本啦，描写谣曲[3]故事的画册等等，诸如此类的书籍。家里有什么就随手抓过来看。没放过风筝自不必说，就连陀螺也未曾玩过，同邻近的孩子们当然不会有任何心灵上的接触。于是就越发埋头读书，仿佛是尘土自

---

❶Saffraaon，番红花或藏红花。

❷日本古代和歌选本，收载一百个歌人每人一首短歌。

❸表演古代故事木留戏。

然会落在器物上一样，记下了各种事物的名称。这么一来，难免就变成了一个只知其名而不知其物的畸形知识的所有者了。这种情况可以说包括大多数的事物，关于植物的名称也逃不出这种片面性。

父亲是个学习荷兰医术的医生，常说要教我荷兰语，我就打小时候断断续续地学了一些，读过叫做《文典》的书，里面有前篇和后篇，前篇讲的是语言，后篇讲解文章。我学习的时候，还跟父亲借了一本辞典，兰和对译，上下两册，是日本出版的又大又厚的书。就在我翻弄着这本辞典的时候，撞到了洎夫兰这个词。这辞典还是正在流行叫做《植学起源》等类书籍时的产物，除了音译之外，还配了接近原词音读的汉字。至今，还记得一些，不妨在这里说说：为saffran配的第一个汉字"洎"，没有那个铅字，因而要把偏旁分开来说明：即三点"水"加一个"自"字。接着是"夫"，最后是"兰"字。

"爸爸！这儿说洎夫兰是草名，是啥样的草呢？"

"那草是摘掉花晾干了就能够染东西的呀，给你看看吧。"

于是，爸爸就从药箱子的抽屉里取出一小撮干枯得发了黑的东西给我瞧。至于这草长在地里的样子，爸爸也可能还没看到过。我呢，借这个偶然的机会不但晓得了名称，而且看到了实物，只可惜已经干枯了。这确是我首次看到的洎夫兰。

三年前，我坐火车抵达上野车站，雇上人力车回到团子坂。中途，当从东照宫石坛下面走到阴暗的花园町时，发现有人铺了芦席在卖花卉，席上摆着直接从球根生出的紫色鲜花。我打孩提时代一直到半老之年，关于洎夫兰的知识，并未丰富多少，由于在图谱上看到过鲜花的模样，此刻一见便想到，“啊，那是洎夫兰呀！”东京，不晓得是从何时开始观赏这种花的，不过总算是知道了有人在卖洎夫兰。

这次旅行究竟到什么地方去了，已经忘记。只记得清晨打旅馆里出来，地上下了霜。那时节，除了温室以外的花卉都已经枯萎，山茶花和茶花也都销形敛迹了。

洎夫兰种类繁多，此刻已经忘记是什么时候在书上看到过，不过我所看到的却是相当迟开的一种。然而极端的东西总是互相衔接着的，它也被称作十分早开的花，甚至比水仙和风信子都要开得早。去年十二月，白山脚下的花店里摆着洎夫兰，只见从那干枯的球根长出了二三十朵花，上面挂着的定价牌写着两分硬币。于是驻足买了两个球根，带回家来，这还是首次把洎夫兰据为己有。当时，我这样问过花店的老爷子：

“老爷子，这埋在土里能够开花吗？”

“唉唉，这家伙可能繁殖啦，来年定会变成十来个的！”

“是吗！”

我把花带回，就在瓦盆盛了些院子里的土，把球根埋好，放在书斋里。

过了两三天那花就枯萎了，花盆里落了一层室内的尘土，仿佛是从衣服落下来的棉屑，我便丢在一旁好久也不去管它，甚至连水也没浇。

一来二去，谁知到了今年一月，却冒出了一丛绵线般翠绿的叶子，望过去真是饱含着生机。植物的生命力真是令人惊讶，它会战胜一切阻力，发芽，成长，完全像花店老爷子说的一样，球根的数量也在逐渐地增加着。

玻璃窗子外面，福寿草凌霜抗雪绽开了黄花，风信子和贝母等等，也都拱出花坛的沃土，吐芽长叶。书斋里面，洎夫兰依然是欲滴的翠绿溢满花盆。

瓦盆上面照旧敷满一层衣物棉屑般的尘埃，丝毫也不妨碍它会使得薄情的主人为它浇上一些水。这目的，究竟能够算是为了赏心悦目的利己主义呢，抑或算是爱惜客观事物的利他主义?说来，人们做事的动机，就如同那洎夫兰纵横交错的翠叶，恐怕连它自己也无法理解。然而，却并不想像青蛙舔了胭脂，会把肠子抖搂出来洗洗那样，弄个水落石出。也如同我现在给花盆浇水，一伸手就可以说是凑热闹，把手缩回来又能够说是独善其身。或残酷，或冷淡，人嘴随意评说。如若忌惮人嘴，那就连一根手指也都无处放了。

这就是洎夫兰同我接触的历史。人们读过这篇小文，恐怕都会晓得我对于洎夫兰的知识有多么贫乏了。然而，即便是十分疏远的事物，一旦邂逅，犹如擦肩而过一样，这洎夫兰就不能再说同我毫无瓜葛了。事情的逻辑性就是如此。

在这个宇宙中，洎夫兰在维续洎夫兰的生命。我也在维续着自己的生命。从今以后，洎夫兰恐怕也要继续维持洎夫兰的生命，我也会继续维持自己的生命吧。(为尾竹一枝君而作)

李芒　译

路旁杂草

〔日本〕岛崎藤村

每当我在通往学校的路上(这条路全部埋在白雪之中),或者在阳光映照的石垣之间,发现待春的杂草,我就感到一阵欣喜。人被漫长的严冬封锁着,哪怕看到路旁的杂草也感到亲切。

穿过朝南或朝西的桑园,经常能看到叶子边缘泛着紫色的金葎草露出地面,这草又叫"车花"。在布满车轮状杂草的土堤的雪层里,必定蔓生着青青的蘩缕。学校工友告诉我,青蘩缕是农民用来喂小鸡的饲料。石缝里长着"鬼绑腿",垂挂着青紫色的椭圆的叶子。还有一种仿佛穿着臃肿冬装的"火车草"。在干枯的蓬蒿和其他杂草丛里,又细又矮的小草却保持着绿色,有的处于半黄半枯的状态。从我们学校到士族宅地一带缺水，所以到处引来一些细细的水流。这些水也从学校门前流过。走到那里一看，只剩下青绿的小草，比其他地方更加充满了生机。

这些杂草在怎样的世界里才能露出脸儿，有的甚至会长出极微小的花蕾来呢？这个问题我也拿来问问你。从一月二十七日，过了三十一日，再到二月六日，这时节到达了严寒的高峰。就连在山上住惯了的我，也被这里恶劣的气候吓住了。一次，我感到手指冻僵了；一次，因患感冒而发烧。降下的雪在朝北的屋顶和庭院里冻结了，多少天来，没有一丝消融的意思……我看见一座古旧的房屋，冰霜从地板下边连同泥土一起升高，弄得屋门都关不上了。朝北的屋檐下边，垂挂着两三尺长的冰凌。裹起身子在屋外走一走，外套的领子就会变成白色。在这样的天气里，只有屋顶上飞行的麻雀和雪地中觅食的狗儿显得最为快乐。

论起草木，我曾把福寿草栽在小盆里，置于“床之间”。当花蕾发黄时，寒气转强，花儿在暖和天气长得倒好，气候变冷就枯萎了。更叫人吃惊的是南天竹，买来一些插在花瓶里，瓶里的水结冰了，南天竹却挂着红果，枝叶青青，鲜润如初。

你没有见过牛奶结冰吧？泛着淡绿，奶香也消失了。在这里，鸡蛋也会结冰，打开来蛋白蛋黄粘连在一起。厨房水池边的水结成了冰，大葱的根和茶叶末冻成一团儿。微弱的阳光照射着窗际的时候，用一把菜刀或别的什么，将水池的冰块用力敲碎。这情景在暖和地方是看不到的。洗手木桶的水过了一夜,第二天早起一看,有一半结冰了。于是,把木桶拿到太阳下面,敲掉冰层,然后再用来装水。腌萝卜和咸菜也都冻了,咬起来发出咯吱咯吱的响声。有时不得不把咸菜放在热水里泡一泡。看看那些用人的手,又黑又粗,皮肤皲裂处鲜血直流。汲水时要裹上头巾,戴好手套。有时候,早晨用抹布揩拭板壁,水痕立即冻成一道白色。夜阑人静,一边听着各个屋子的廊柱因冻裂发出的声响,一边读书学习,于是更加感到冷彻骨髓了……

大雪袭来之前,反倒是和暖的。入夜下起雪来,和雨夜的寂寥不同,别有一番静谧的情趣。在那温暖的雪夜,你会怀疑,莫非梅花已经盛开?可是一旦雪聚集起来,便冷得叫人难以忍受。走到积雪的田地里一看,简直是一片冰原。千曲川也结上一层白茫茫的冰。冰层下边传来汩汩的流水声。

陈德文 译

养草记

〔韩国〕许世旭

有一阵子我喜欢草，可是更喜欢结在草上的晶莹露珠，夜归在公园见到的是如此，清晨出远门，在鞋头滚转的玲珑露珠更是如此。

或许是怜悯它们消失得太快，也或许是在都市里没有好好地种过它们的缘故，即使是株不显眼的杂草。

懂事以后确实是经历了不少闲荡的岁月，我在别人的国土、烫热的水泥上荡过了九个似花的年岁，即使这段时间不算在内，回国，荣充“汉城特别市民”后还是一样。

户籍簿正面上端有个空栏以便变更住址时使用，当我发现它们已被填满时，我不禁吃了一惊。

九年来，我又那么多次搬来搬去，其中有四年多住在公寓的水泥箱子里，根本无法种上一株草。今春我决定踏踏芬芳的土地，那是块像手掌般大的土地，我可说是从空中搬到地下来了。因为是新房子，所以庭园仍是空荡荡的，只好让它们杂木杂草，随随便便乱蓬蓬地长大。

看到户籍簿的迁移登记栏被填得密密麻麻的，我的耳根实在变得异常炽热，因为记载的多寡和我飘荡的次数恰好成正比的缘故，于是我决定在空栏消失以前——躲开户籍职员轻蔑的眼光——该把锭子打给屁股才好呢。算算年龄也该有个自己的家了，也可让不算多的朋友的温馨问安信件不致再“查无此人”。

爱草露珠的心情也变了，不管是谁，只要能跟我一起就心满意足了。抛了锚、拴了绳，不管是谁，只要是来客一概欢迎。

狗尾草、漏斗草、鹤顶草……我小心翼翼地把这些杂草请到我的庭园来，每天清晨给它们浇水，为它们捡拾碎石碎玻璃。仔细端详，它们也不属血统优良的高丽草，它们有旺盛的生命，闲着没事的话，拿铅笔为它们量量日影，看看它们的生长多好啊！

狗尾草，它长得像耳挖子后头的松毛，这家伙站得还挺俊的呢！小时候还想摘白头翁，却被漏斗草刮了手指，它恐系兰科的支流，却头抬得高高的，在阳光下也不屈服。鹤顶草，这家伙有红色的子叶，带着碎米般的小黄绿花瓣，好在扮家家酒时，摘它当饭吃，不仅如此，它还有着隐匿的娇态呢。

另外还有些不知名的草，其中有一种是“八字草”，这是我给它起的名字，它生长在潮湿的地方，只是它南瓜的嫩苗那么大的叶子上有深绿色的纹路，相对称而成八字而已。这种草甚至还含有渊长的故事呢（甚至远望流云即会含泪的）！当我上敏感的小学高年级时韩国竟光复了，只隔一夜晚，“神社”崩垮，日本鬼子被赶出去，这种异变令我呆愣了半晌，当然大人们正沉浸在欢欣的浪潮中。有一天正跟小玩伴在捉蟹子，忽然听到有人说，八字草预示着我们的光复。我们是在八月光复，甚至还选择月中呢！真是神奇，它的每一片叶子都好像附了神，让人对它生出敬畏之心，我记得，第二年它再长出八字模样的时候，整个八月我都敬戒谨慎地度过。说来，一直到现在我看到八字草就会记起光复时的欢欣。

养些杂草，我变得稳起来。

我的书房一角有几个积尘的纸箱，那里面都是我几近二十年来的重要信件和照片——都是我的历史的记录。首先我把它们打开晒晒太阳，有的发霉，有的被虫咬，有的皱了。它使我又想起了忘得一干二净的事件，那里面有故人的字迹，有我辗转不能成眠的辛酸记忆。我决定烧掉一切，只留下几件最亲近的笔迹和最疏远的笔迹。让我保存那许多记忆，那许多醇化的爱，对我这样还需要跋涉远路的过客来说实在是一项沉重的负担。

相片，决定都保留下来，一张一张地看，敲我心扉的喜悦，值得让它留存永远。再把它们放回去，似乎突然阔气起来。

在一个初夏新绿的下午，守在垃圾桶旁看着信件焚烧，随便拿个木头充当火棍，而翻翻它时，无数个我的名字扭曲着身子变成灰烬，曾经热过，曾经哭过的，现在都化成烟消失了。

我独自地站着，烧着被人填写了的我的名字，吸着浓于墨香的烟味儿。我终于碇泊下来了。毫不相关的两个语汇，“养草”、“碇泊”，随着袅袅的烟，飘、飘、飘，乍然不见。

吃虫植物

〔美国〕艾温·蒂尔

那天晚上月色很好，流萤在地面上的雾里闪耀，在我们那离威明顿一英里的小屋后边，一只反舌鸟在不停地唱。我们每次醒来时都听到它的歌声。此次北行，我们曾错过了听这种鸟春啼的季节，这时才听到了。印象是难忘的，月光映着低雾，林树一片暗影，空气中回荡着香味，无数的流萤闪耀着一线线绿光，一只看不见的鸟在尽情歌唱。

这是我们到了一个特别有吸引力的地区的第一个节目。第二天早上六点钟，我们跟艾普佩丽太太一起吃早餐。她是我们在这次旅途中所碰到的最热心也最能干的业余自然研究者。在往后的几天中，她带我们由小路游观了原产捕蝇草的恐怖角(Cape Flear)区，那是一个有松林、港湾和真正的无树草原的地方。

在威明顿以北二十五英里近布高(Burgaw)的地方,我们来到了一个占地约莫一千五百英亩的无树的草原。它和西部的草原一样平坦,青草丰茂,野花如锦,轻抹过一层黄色。万千瓶子草饼干样的花摇曳于纤长的茎上。跟着春天的步伐,草原上的野花轮次开谢,一时出现一种主要的颜色。

最初是三月的蒲公英,接着是紫罗兰,蓝色的捕虫堇菜和白色的除虱草,到了五月的燕子花开时,整个草原便好像一个蓝色的大湖。难怪许多外国的植物学者都不辞远道来看布高草原了。我们对于那些住在近处能够从头到尾欣赏各种颜色的花次第开谢的人也不胜羡慕。像皮尔逊瀑布和大烟山一样,布高草原也是国家遗产的一部分,价值无限,值得永远保存。

我们来的时候,瓶子草科植物的花正好盛开,恐怖区其他的地方也一样。它们是食虫植物——毛毡苔、捕虫堇菜和捕虫草——中最易辨认的。全美洲也许再没有其他地方像北卡罗莱纳滨海平原这样集中这么多的食虫植物了。亿万年来,它们一反常态:到处都是动物食植物,这里却是植物食动物。它们用胶液、滑溜的叶面、针刺、弯曲的叶和可以急闭的叶等来捕捉动物。我们现在在布高草原和松原上漫步,就如在参观自然从史前到如今所设的一系列陷阱。

低飞的蝙蝠,有时会被牛蒡的刺果所缠住。几年前,在俄勒冈州，曾有一只年轻的猫头鹰被紫菀草的叶子紧紧地粘着，摆脱不了。但这类例子只算一种意外，有关的植物并不曾得到好处。布高草原上小动物被捕捉却不是什么意外，而是经由有关植物极为精巧的设计，后者也直接受益。它们都是吃肉的植物。它们分泌液体，把捕到的小动物消化，差不多就像动物的胃一样。

一天的整个下午，由艾普佩丽太太带路，我们在平坦的草原上漫行了好几英里，夹道尽是吃虫植物。水藓使泥路像海绵般的松软。我们可以一直跑五十码的路都觉得脚底下是一张又软又厚又湿的地毡。在有些地方，水藓的上层已经由灰绿色变成浅黄色，使人觉得那里好像铺着一层硫磺。一对对白鸟在飞来飞去，雄的是耀目的蓝色；雌的棕色，很像麻雀。前头的一棵松树上有一只松林麻雀在唱个不停，它的调子是长长的单音，音尾较低而震颤。

我们周遭都是成排成簇的瓶子草喇叭状叶。有一株长着三个高低各殊的喇叭管，排在一起，就像乐谱上的三个音符。我劈开了一个喇叭管，发现管的下端积着差不多五英寸深的昆虫。管内由这种植物所分泌出来的液体，比平常的水可以把昆虫淹死得更快，也可以使昆虫失去知觉。曾将瓶子草的分泌做实验的医生们报告说，用这种分泌对人类做局部麻醉注射，其效果比诺佛卡因还要好。这种分泌里面也有酵素，可以帮助消化，还未开口的新喇叭状叶，其液体有时只满了一半。

叶管内的液体由食物的刺激而增加，也同唾液一样。生肉碎片、牛肉汤和乳汁都可以使之增加，但乳酪、酪素和生蛋白则不能。科学家弗兰克·慕通·宗斯和积·斯·赫本曾进行过一系列的实验，发现一小片生肉可以使一个叶管内的液体增加百分之一百七十五，牛肉汤可以在五天之内使之增加到百分之三百八十七，牛乳可以使之在一天之内增加百分之一千二百四十二。他们也曾以冲淡了的酸和碱做试验，结果对于液量并没有产生什么变化，但却发现了一项有趣的事实：无论投进去的是酸或碱，叶管里的液体，一如人类的胃液一样，终于又回复中性。一般人以为叶管里的液体不过是积集的雨水而已，那是完全不正确的。

事实上，我们周遭的瓶子草类的喇叭状叶，其朝天的开口处都有所掩盖，使雨水不易侵入。要是那些叶子不是长成这个样，雨下得太大时岂不是会使叶管溢满，昆虫流失！

这类植物捕得昆虫的条件之一是叶管上端内壁长着数以百计的向下弯曲的细毛，有如豪猪背上的刺。我们曾用手指去摸，向下摸去，其滑如脂，缩回来时便感到那些细毛的抵抗。从管口滑下去的昆虫是一去而不能复返的。叶管口又圆又滑，昆虫很容易失足。我看见一只蚁从那纤长的茎上爬到叶管口上来。它走了十来步，忽然向横一滑，便跌了下去，再也看不见。我用手指摸摸它刚才失足的地方，的确滑得很。

美国的瓶子草类植物中，其中还有两种在叶管口外的套叶上长有薄而透明的地方。这种设计使就是有翼的昆虫，也难以逃出。因为飞出的昆虫会以为那是无阻的出路，结果又碰跌到管底去。

每个喇叭管其实只是一片叶，由叶的两边长在一起而成。连接处的脉纹许多都是紫色。它们像花一样的好看，也像花一样用香气和甜液来吸引昆虫。有的瓶子草气味像紫罗兰，有的香甜如水果。其中有一种自叶管底的外缘即有甜液，吸引地面上的昆虫如蚂蚁之类爬到管口上去。

但也有并不怕瓶子草类植物的昆虫。最常在这种植物上丧失生命的一种蚂蚁(学名叫Cremastogaster Pilosa)，有时就在这类植物干枯了的叶管里做窝。还有其他的小昆虫竟住在还是鲜活的叶管里。有一种爱吃腐肉的麻蝇，因为和瓶子草类植物关系密切，其学名也就被定为"瓶子草麻蝇"。这种小蝇产卵于叶管肉腐解中的昆虫之上。孵化出来了的幼虫并不怕草液里的酸素和酵素，竟在那里面长大到能够破壁而出，爬到地上作蛹。有一种小小的蚊，其幼虫成长的过程也差不多一样。在北方，一种学名叫Wyeomyia Smitlii的蚊子，其幼虫时期就是在一种瓶子草的叶管内度过的，冬天里给凝结在冰内，冰解时又活转了来。

这些肉食的植物却也为肉食的动物所侵扰。蜘蛛们常在叶管口的附近窥伺，攫夺由植物的香气和甜液所引来的昆虫。一种小小的树蟾蜍和一种小蜥蜴都惯于住在这些植物的茎叶上,也都以被引来的昆虫为食。

我们就在那潮湿的,到处缀满了瓶子草类植物的草原上漫步。有一次,我正向一簇喇叭管注视时,视线突为簇外的一种动作所吸引。一段在腐烂中的木头下面一个洞里,出现了一个有鳞的头,又很快地缩了进去。我站着不动。那个头又再出现,每片绿色的鳞都在日光下闪耀。那是一条蜥蜴,一条蓝尾的石龙子,周身就像磨光了的金属做成的。这时已接近蜥蜴繁殖的季节。雌蜥蜴将于产下了三四个蛋后,便盘绕着它们,小心地守护几个星期。但一到小蜥蜴孵化出来之后,便完全置之不理了。小蜥蜴一出世便能够打理它自己。

恐怖角区的土壤缺少氮。但吃虫植物可以从昆虫身上吸取有氮素的材料。我们在威明顿访问过的土壤化学专家威理斯说他相信那些食虫植物也可以从昆虫身上取得铜,那是这个地区的土壤差不多完全没有的,而昆虫的血里却有一点。

第二天,我们又在其他空旷的地方看到其他的捕虫植物。我记得有一处在去冬是有过野火的,草叶已从又黑又湿的泥里茁了出来。在这里,毛毡苔织成一大块浓红的地毡。小艇似的毛毡苔都贴在地上,茎端长着像衬衫扣子那么大的圆叶,每一片上都有着一百五十根以上的紫色触须,长在叶心的较短,长在叶缘的最长。每一根都在末端作椭圆形的肿胀,就在这个肿胀的地方分泌出一颗颗发亮的胶液。在日光照射之上，那些叶就像缀着露珠。

对于蚊蚋和其他有翅膀的小昆虫，那些胶液是要命的。它们只需碰到两三根触须便会给紧紧粘住了。瓶子草类的叶管是陷阱，是被动的，但毛毡苔所布下的陷阱却配合着主动。

昆虫被粘住之后，触须便活动起来，简直像手指在捏东西时一样，把昆虫移到叶心。其他的触须也来碰它，加上胶液，把它粘得更牢。昆虫的挣扎很快就停止，通常是不到一刻钟便被淹死在胶液里。

这时圆叶的作用便等于动物的胃。消化的液开始将昆虫溶解，而叶则开始摄取营养。我们这天上午所看见的关闭了起来的叶要到几天之后才再开放。当昆虫身上所有的养料都被吸取以后，毛毡苔叶上的触须便渐渐松开了来，圆叶也恢复了它原来的地位，胶液又在日光底下发亮，等待另一只昆虫。

使毛毡苔起这一连串活动的，不单是机械作用，同时也有化学作用。七万分之一英厘的压力便足以使毛毡苔的触须活动起来。达尔文曾发现两千万分之一英厘溶解在水里的磷酸盐便可以使这种触须有反应。但要使圆叶卷闭起来，那便得也有化学作用。譬如你滴一点水或者放一块石子在叶上，它的触须也许会卷曲起来，但不一会儿便会恢复原状。但如果你放下去的不是水而是乳，不是一块石子而是一块碎肉，你便会发现那叶渐渐卷闭起来，和裹住昆虫时一样。它分别可食的和不可食的东西的本事是极其惊异的。

达尔文在对吃虫植物做实验时，曾注意到毛毡苔胶液一项有趣的事实。这东西竟是一种强力的防腐剂，使细菌完全不能活动。在一次试验中，达尔文把一片肉放在毛毡苔上，另一片放在苍苔上。后来把两片肉都放在显微镜下来检查，发觉那片放在毛毡苔上的全无细菌，而那片放在苍苔上的则"纤毛虫类无数"。

捕虫堇菜的胶液也有防腐作用。阿尔卑斯山的牧羊人多少世代以来都把它作为疗病的软膏。我们那天在恐怖角吃虫植物丛中漫行的时候，就曾见到捕虫堇物的蓝花在细长的茎端上招展。茎的下面是一簇浅绿色的叶。这些狭长的叶卷成一个个的槽。上边的叶面有着无数的腺——一公分里有两万五千个——分泌出可以粘住昆虫的浓液和溶解捕获物的消化液。这种植物在捕吃昆虫时也和毛毡苔一样，是兼有机械作用和化学作用的。小昆虫一停在上面而被胶住了以后，卷起的叶缘便徐徐卷向叶心，挤出更多的胶液来。

我们所见过的这些捕虫植物，其主要的不同在于叶。瓶子草类的叶两边连接起来形成一根管子；毛毡苔的叶长有分泌出胶液的触须；捕虫堇菜的叶则向内翘卷，上面备有无数的细腺。但最奇怪的还是捕蝇草的叶，也是我们特意到威明顿来看的。毛毡苔地球上哪里都有，共有一百多种不同的种类,澳洲所产的种类则最多。但全世界却只有一种捕蝇草,并且除了卡罗莱纳海滨之外,任何其他的地方都找不到。

美国革命前,约翰·巴特朗姆曾将活的捕蝇草寄回英国,植物学者也为之轰动。1768年,约翰·厄理斯曾把压干了的标本从伦敦寄给卡尔·林拿尤斯,后者在给前者的信里说:"我所见过和实验过的植物虽不算少,但我得承认,像这样奇妙的却从未见过。"达尔文称这种草为"世界上最奇妙的植物"。

捕蝇草的奇妙在于叶。它的叶分为两半,都像带着睫毛上的眼皮,挂在茎上,开关有如钢制的机器。平常有两个半是摊开着的,上面各有三根短毛,那也就是引发机。倒霉的昆虫一碰到那些毛,两个半边便立即合拢起来。

我们虽然见到许许多多的瓶子草、毛毡苔和捕虫堇菜,但捕蝇草却找了几个钟头都找不到。原来它们已给大量地掘出来卖给育婴院和平价店。威明顿周遭是捕蝇草的原产地,可是现在已难得见到了。第二天的下午,沿着老贝壳路到莱兹维尔海滩去的时候,我们在一处汽油站停了下来。一个正爬上他的货车的农夫告诉了艾普佩丽太太,说他就知道在什么地方可以找到捕蝇草:在他的农场一片低地的边缘。那是郡里仍有捕蝇草可采的少数地方之一了。我们跟着他的货车走。这时天上已阴云密布,在我们未到目的地以前,雨已经下起来了。一下便下了好几个钟头,直到深夜——是一阵痛快的春雨。

第二天早上晴朗无云，我们又回到那农夫所指的低地去。那是一片并非经常积水的沼泽，上面长着矮灌木、凤尾草和稀疏的松树，捕蝇草长在地势更低的边缘。这种草常和犬舌草、圆叶的兰草、鲜艳的星花百合等长在一起，但在有冢草的地方便找不到它。蟋蟀草有时会侵入捕蝇草的区域，将之迫退或消灭。而当灌木长得太高，夺去了阳光时，捕蝇草也便消失了。

现在我们周遭是长在杂草里的捕蝇草的绿叶，有的很小，还不到三英寸大，有的直径可达半英尺。两个半片开张的角度大都是四十到五十度，但也有一些到了八十度。叶上有极多分泌消化液的细腺。

我蹲在一片刚做完消化工作的叶旁。这时它已张开来，露出一只大黑蝇的躯壳。除了腿、翼和角质的残余外，其他的东西都已被消化了。有几只很小的蚁在那里逡巡，却已没有东西可得，一切都给那株草吸光了。只有在一切的养料都吸光了之后，那片叶才会再张开来。

这里被捕的是一只黑蝇，但最常被捕的还是地上的爬虫、蚂蚁或甲虫。这天稍后，我见到一只差不多一英寸的八分之三的黑甲虫爬过另一片叶。它也许是为叶所排出的甜液所吸引吧，在那里东爬西爬，又时时停下来不动。后来它终于碰到叶上的毛，这等于扳动了引发机，就像人类的手掌抓拢来那么快，两个半片的叶突然合了起来，甲虫被夹住了。

那两半片叶并拢时速度的快慢和温度有关。温度高时并得快，低时并得慢，也正如昆虫在天热时活动得较多一样。在盛夏的阳光之下，一片完全张开着的叶可以在一秒钟之内便合拢了来。这一动作里面是包括了颇为复杂的程序的。

昆虫碰到叶上的毛时，便刺激了叶子上半部的细胞。那些细胞都涨满了水，也由此而制住了叶的弹簧作用，使之张开。现在一经触动，细胞里的水便流向细胞之间的空隙，叶的两半便突然合拢起来了。

当那两半片叶合拢起来时，叶上的毛便倒向叶面，有如飞机可以收缩起来的轮子那样。叶边的长须便交缠起来。起初还留着缝隙，被捕囚的昆虫要是很小的话，还可以从缝隙里爬出来。达尔文以为这种自然的设计是在使这种植物不必在无价值的食料上浪费时间。弗朗克·慕通·宗斯在威明顿附近所作的研究证明了实际上确是这样。他搜集五十片有昆虫在内的叶来计算昆虫的长度。五十万昆虫之中，其中只有一只不到五毫米长，即一英寸的五分之一左右。只有七只不到六毫米。其余的都在十毫米或以上，最大的达三十毫米，差不多等于一又五分之一英寸。蚱蜢和马陆都曾在捕蝇草叶内被发现。我曾把在身旁地面发现的一条蚯蚓放在一片叶内。蚯蚓的扭动碰着了叶上的毛，叶的两半便合拢了来。但蚯蚓太长太细又太滑了，叶终于抓它不住。宗斯研究获得的结论是：捕蝇草所捕获的昆虫，大的大到其叶所能包住的程度，小的小到一英寸的四分之一左右。再小的昆虫便可以从缝隙走出来。

我好几次拿一片别的草叶在捕蝇草叶上拂过，来观察它合拢的动作。只在叶毛上碰一次并不够。必须碰两次，或者对两半片上的毛连续碰。这对于这种植物也是有利的：使它无须为一片落叶或其他没有生命的东西而空闭了一次。我用另一种草叶使之闭拢的叶将继续闭拢二十四到三十六小时。那些真是抓住了昆虫的将会闭拢一个星期。

捕蝇草的两半片叶迅速地把昆虫关住之后便渐次伸直，在十二小时之内把昆虫紧紧夹住，同时那些微红的腺便开始分泌出消化液，那片叶便等于整株草的肠胃，吸取昆虫身上可食的部分。消化液里面含有蚁酸，防止细菌使昆虫腐败。我们要是把一片细长的肉放在捕蝇草叶上，一半在内，一半在外，那一半在外的将逐渐腐败，而那一半被关住的却不会有细菌。要是将那腐败的一半又放入一片新叶之内，腐败的气味便完全消除。

当昆虫被消化得只剩角壳时，叶里表皮上的细胞便渐渐增加了压力，交缠在一起的叶缘的长须渐渐松开，叶又成为两片了。这时捕蝇草又觉得“饿”了，捕捉机再次安排好，在等候新的牺牲者了。

一片捕蝇草的叶可以一连捕捉和消化昆虫多少次呢？1923年，有人在德拉瓦州的韦敏顿一间阁楼上一个久被弃置的柜子里发现达尔文在半个世纪前写给德拉瓦的植物学者威廉·谟·匡比的信，询问同样的问题。就匡比所发现的，一片捕蝇草的叶只能继续捕食昆虫三次。

看着这种植物用甜液和色彩来吸引昆虫，而又迅速地将之捕捉消化，我们颇觉得它们实在和周围无知无觉的植物不同。在纤维、液质和叶绿素之外，它们似乎还赋有其他的东西。它们是植物界的天才。

我们所想看的吃虫植物都算看到了。但艾普佩丽太太想让我们看的另一样东西却并未出现。那彩色的颊白鸟，是鸟中的虹，无可比拟的美。

可是，我们在恐怖角区最后一天的下午，当我们在老贝壳路一条旁道上慢慢行驶时，却也看见了。艾普佩丽太太曾将那颊白鸟的歌声向我们描述过，我们便一路走一路注意地听。结果是乃丽先听到。歌声来自左边一棵高高的松树梢，时断时续。我们用望远镜向树梢搜索，只知道针叶里有东西在腾跃，歌声仍断断续续。五分钟后，一只令人目眩神夺的美丽的小鸟终于从松梢飞到有阳光照耀的旷地上来。当它在腾跳觅食时，我们看到它那红玫瑰色的胸、深蓝的头和浅绿的背。北美所产的鸟再没有像它这样绚丽的。

这样，我们在恐怖角区的期间，除了得以欣赏吃虫植物的奇观外，倒是以鸟类的美为开始和结束的——反舌鸟的春啼和白颊鸟的异彩。

南木　译

花

〔日本〕冈仓天心

置身于春天灰蒙蒙的黎明中，倾听小鸟在林间神秘地低语，你怎能不觉得它们在和情侣们谈论着花呢？其实，对于人类来说，赏花也和爱情诗一样是同时出现的。还有什么比鲜花无意识的甜美、默默无言的芳香更能使我们想到灵魂的袒露？原始人把第一个花环献给他的姑娘，由此从兽性中超脱出来。他正是这样超脱了本性的野蛮的需要才变成了人。当他懂得了无用之物的微妙的用途，他便走进了艺术王国。

无论在欢乐时，还是在悲伤中，花永远是我们的朋友。我们吃喝、唱歌、跳舞，乃至谈情说爱都离不开花。我们在婚礼和施洗礼的时候不能没有花。没有花，葬礼都无法进行。礼拜时，我们手捧百合；冥想时，我们伴着莲花；装点着玫瑰和菊花，我们在战场上列阵冲杀。我们甚至企图用花作语言来说话。没有花我们将如何生活下去？一个没有花的世界会使人感到恐怖。鲜花为病人带来多大的安慰？为疲倦的灵魂带来多少喜悦之光？它那宁静的温柔让我们恢复了对宇宙的微弱信念，就像漂亮的孩子那热切的注视唤醒了我们忘却了的希望一样。当我们沉睡在泥土中的时候，是鲜花在我们的墓边悲伤地留连。

可悲的是，尽管我们和花结成了朋友，但我们并没有完全脱离兽性。这是不可掩盖的事实。揭开羊皮，隐藏在我们内心的狼便立刻露出牙齿。人们常说，人在十岁是动物，二十岁是疯子，三十岁是失败者，四十岁是骗子，五十岁是罪人。也许正因为人永远不可能脱离兽性，所以才是罪人。对我们来说，除了饥饿以外，再没有什么是真实的；除了我们自己的欲望以外，再没有什么是神圣的。神殿在我们的面前一个接一个地倒塌了；但是却有一个祭坛永远地保存了下来，那里供着我们焚香礼拜的至高无上的偶像——我们自己。我们的这个神是伟大的，金钱是他的先知！我们破坏自然是为了向他纳奉。我们因征服了物质而骄傲，却忘记了正是这物质使我们变为奴隶。在文化和风雅的招牌下，我们什么罪恶的勾当不干呢？

请告诉我，温柔的花朵，星星的泪珠，当你们站在花园里，向歌唱露珠和阳光的蜜蜂点头的时候，你们可曾感到了即将来临的恐怖的厄运？在夏日的和风中沉浸在梦中吧，摇摆和嬉戏吧。明天，一只冷酷的手就将掐住你的咽喉。你会被掐断，被一瓣一瓣地扯碎，你将不得不离开你那安静的家园。那只手也许属于一个非常漂亮的姑娘。她会对你说，多么美的花儿啊，而此时，她的手指却沾着你的鲜血。我实在不知道，这就是仁爱吗？

也许，你被扎在一个你认识的无情女人的发辫里；也许，你被插在一个男人的上衣纽眼里——如果你是人，他是决不敢正视你的面孔的；也许被监禁在一个狭小的花瓶里，一点死水无法止住你那炙热的饥渴，这饥渴预言着你的生命的衰亡。也许这就是你的命运。

花啊，如果你生长在日本天皇的国土上，也许你会遇到一个拿着剪子和小锯的可怕的人物。他自称插花大师。他要求享有一个医生的权利，所以你本能地痛恨他。你知道，一个医生总是企图延长病人的痛苦。他会用切断、折弯和扭曲的方法使你变成你原来不可能长成的样子，而他却认为这种样子正是你所应该长成的。他就像整骨大夫一样，扭曲你的肌肉，使你骨节脱臼。他会用烧红了的煤炭烧灼你为你止血。他会用铁丝插进你的身体以增强你的循环作用。他会给你指定用盐、醋、明矾，有时候还有硫酸。当你要昏迷过去的时候，他会用开水浇在你的脚上。他会感到自豪，由于他的治疗，你的寿命比原来延长了两星期或更长的时间。你难道不觉得还不如在当初被抓获的时候，一下子被杀死更好一些吗？你究竟在前世犯了什么罪，今世才受到这样的报应？

在西方社会，花的挥霍浪费甚至比东方插花大师们的处理方法所造成的更加触目惊心。在欧美，为了装饰舞厅和宴会的餐桌，今天采来明天就扔掉的鲜花不计其数。如果把它们扎在一起，大概可以围绕大陆做一个大花环。与这种对生命毫不重视的做法相比，插花大师的罪过简直算不了什么。至少，他重视节省自然资源，经过仔细的考虑才选择他的牺牲者，并对花的遗骸怀着敬意。而在西方，花的陈设是装饰富丽的一个部分，是一时的奇想的结果。盛宴结束以后，这些花的下落如何呢？没有什么比看到凋零的花被无情地扔在粪堆上更使人悲哀的了。

为什么生得这样美丽的花却遭到如此的不幸呢？昆虫有蜇人的刺，就连最温顺的兽类也会为生存而抗争。人们用鸟的羽毛来装饰帽子，然而鸟却能够飞翔以逃避猎手。你觊觎于将野兽的皮毛据为己有，野兽却可以在你走近的时候隐藏起来。悲哉，除了蝴蝶这种有翅膀的花以外，所有的花在敌人面前都无能为力。如果花能够在垂死的痛苦中喊叫，它们的叫声也决不会进入我们无感觉的耳朵。我们总是残忍地对待那些默默地爱着我们和为我们服务的朋友，但是总有一天，由于我们的残忍，我们将被我们最好的朋友所抛弃。你难道没有注意到野花在逐年减少？也许他们中的智者告诉他们等到人们变得更有人性时再回来。也许他们移居到天堂去了。

应该更多地赞扬花匠。拿花盆的人要比拿剪刀的人更有人性。我们欣喜地看到他们为水和日光操心，和寄生虫作斗争，因寒霜而发愁，因发芽太慢而焦急，因叶子泛出了光泽而喜悦。在东方，花卉栽培的艺术有着悠久的历史。诗人对他们所喜爱的植物的爱常常被记载在故事和诗歌中。伴随着唐宋的制陶业的发展，据说一些奇妙的养花容器被制造出来，这些容器与其说是花盆，不如说是装饰着宝石的宫殿，一个个专门的侍者被安排负责看管每一株花，并用兔毛制的柔软的刷子刷洗植物的叶子。据记载，一个盛装的美女负责洗浴牡丹，一个苍白纤弱的僧人负责浇灌寒梅。日本有一部最流行的能乐名叫《盆树》，写于足利时代，讲的是一个贫穷的武士在寒夜没有柴火取暖，为了招待一位游僧，竟劈了自己精心栽培的植物。这位游僧实际上是北条时赖，即我国的《一千零一夜》中的主人公，所以武士的牺牲自然得到了回报。甚至在今天，这出戏对东京的观众仍然具有极大的感染力。

保护柔弱的花卉需要特别谨慎。唐朝的皇帝玄宗为了惊走飞鸟，把许多小金铃挂在御花园里的树枝上。春天，他在宫廷乐师的陪伴下，在优美的音乐声中观赏百花。传说是我国的《亚瑟王传奇》的主人公——义经，写过一块奇妙的牌子，这块牌子现在仍旧保存在我国的一个寺院里。它是一个告示，其目的为保护一棵珍奇的梅树，它表现了尚武时代的冷酷的幽默。告示在描绘了梅花的美之后说："折枝者将受断指之罚。"但愿今天仍然施行这种法律，以惩罚那些随便破坏花草和毁坏艺术作品的人！

即使在盆栽方面，我们也倾向于认为人是自私自利的。为什么要使植物远离故乡而让它们在陌生的环境中开花呢？这难道不像把一对鸟关进笼子却让它们唱歌、交尾一样吗？有谁体谅兰花的心情呢？它们在你的温室里，被人为的热度所窒息，无望地盼望着一览自己的南国天空。

真正爱花的人是那些在花的故乡拜访花的人，像陶渊明，他坐在破旧的竹篱笆前和野菊谈心，或者像林和靖，当他留连于微明的西湖边的梅花丛中时，便忘情于神秘的花香之中。据说周茂叔眠于船中，因此他的梦便和荷花的梦融为一体。这也正是光明皇后——奈良时代最有声誉的君主之一——所有的精神。她在诗歌中写道："花木本佛体，枝叶如手臂，劝君莫采摘，敬花如敬神。"

让我们别太伤感。让我们少些奢华，多些高尚情趣吧。老子曰："天地不仁。"弘法大师说："生、生、生、生、生生不息，死、死、死、死、万物无不死。"我们无处不面临毁灭。上是毁灭，下是毁灭，前是毁灭，后是毁灭。只有变化是永恒的——为什么不像欢迎生那样欢迎死呢？它们只是相对的，它们是梵天中的昼和夜。只有旧的瓦解了，再创造才有可能。我们在各种各样的名义下崇拜着"死"这位无情的慈悲之神。拜火教崇拜火中吞吃一切的影子。日本的神道甚至在今天还崇拜着剑魂的冰冷的纯粹主义。神秘的火烧光我们的软弱，神圣的剑斩断束缚着我们的欲望之缰。从我们的灰烬中飞出凤凰——天国的希望，只有在自由王国才能实现更高的人格。

摘花如果可以使我们进化到改善世俗观念的新形态中去，那么为什么不这样做呢？我们只要求它们也像我们一样为美而牺牲。我们将用为"纯粹"和"简朴"而献身来为我们的行为赎罪。茶人正是以此为理由建立了花道。

任何一个了解我们的茶道大师和花道大师的做法的人都一定注意到了他们对花所怀的那种宗教式的尊敬。他们决不随便地摘取一枝一叶，而是根据他们的艺术构思进行精心的选择。如果一旦他们剪掉的枝叶超出了绝对需要的范围，他们便感到耻辱。在这一点上，可以说，如果有叶子的话，他们总是把叶子与花朵联系起来考虑，因为他们的目的是表现植物生命的整体美。在这一方面，正如在其他方面一样，他们的方法不同于西方诸国所采取的方法。在西方，我们常常看到一束束花梗，就像是没有躯体的脑袋乱七八糟地插在花瓶里。

当花道大师对自己的插花感到满意了，他便把自己的作品摆在壁龛里——日本房间里最尊贵的地方。有碍插花效果的任何东西都不再摆在花的附近，甚至包括绘画，除非画与花的组合形式中有什么特殊的审美理由。花摆在那里，像一位登基的太子，客人们和弟子们在进入茶室的时候，在问候主人之前，要深深地向花鞠躬以表敬意。为了教导插花的爱好者，制作出版了插花杰作的画册。以插花为主题的著作也是相当浩繁的。当花凋谢了的时候，大师或小心地把它们托付给流水，或仔细地把它们埋于地下。有的时候甚至竖立纪念碑以纪念它们。

大约在十五世纪，插花艺术与茶道同时诞生了。我国的传说中有插花始于古代的佛教徒的记载。佛教徒怀着对一切生灵的无限忧虑把被暴风吹落的花枝收集起来，插进盛着水的花瓶里。据说足利义政时代的伟大画家和鉴赏家相阿弥就是最早的插花大师之一。茶人珠光是他的一个弟子。同是弟子的还有专能，他是池坊派的奠基人，池坊派在插花史上的显著地位正如狩野派在绘画史上一样。在十六世纪后半叶，随着利休完善了茶的仪式，插花也得到了充分的发展。利休及其后继者——著名的织田有乐，古田织部，光悦，小堀远州，片桐石州——竞相形成了各种新的组合形式。但是我们不会忘记，茶人对花的崇拜只构成了他们的审美仪式中的一个部分，它本身也不是一种独立的宗教。插花像茶室中的其他艺术作品一样从属于装饰的整体方案。因此，石州规定了，当花园里有积雪的时候不能使用白梅花。茶室里必须毫不客气地排除“鲜艳夺目”的花。一个茶人的插花作品如果离开了原来设计它时的环境，那么也就失去了它的意义，这是因为它的线条和比例是根据它的周围环境特别设计的。

为花而崇拜花是始于十七世纪中叶花道大师开始出现的时候。现在花脱离了茶室,除了花瓶的要求以外,再无其他法则可遵循。新观念和新方法的采用成为可能的事情,由此产生出许多原则和流派。十九世纪中叶的一位作家说,他可以数出一百多种插花的流派来。广义地说,这些流派分成两大类,即形式派和写实派。以池坊派为中心的形式派以相当于狩野学院派的古典理想主义为原则。我们有这一派早期大师的插花记录,他们几乎重现了山雪和常信的花绘。另一方面,写实派,正如其名所示,以自然为模特儿,为了更好地表现艺术统一,只对形式做一些修改。因此,我们认为创造写实派作品的冲动也正是创造浮世绘和四条派绘画的冲动。

如果我们有时间更详尽地讨论这一时代的各个插花大师的创作原理及其细节,阐明德川时代的装饰风格的基本原理,这将是饶有兴味的。我们发现他们提出了主导原理(天),从属原理(地),和调和原理(人),并且认为任何一件插花作品如果不能体现这些原理,都将是枯燥的和缺乏生命的。他们还详尽地论述了区别对待花的三种不同形象——正式、半正式、非正式——的重要性。第一种可以说是给花披上了舞会间庄重的服装,第二种是闲适优雅的下午服装,第三种则是闺房中所穿的颇具魅力的睡衣。

作为我们，对茶人的插花比对插花大师的插花更为关心。茶人插花的艺术性在于适当的配置，并使我们感受到它与生活的密切关系。为了与写实派和形式派区别开来，我们称这一派为自然派。茶人认为他们的责任只在于选花，他们让花自己去讲述自己的故事。冬末时进入茶室，你会看到纤细的野樱枝伴着正在抽芽的山茶，它们是将逝的冬季的挽歌和新春的预言。如果你在夏日酷暑的中午进入茶室，你会在壁龛的阴凉中发现吊着的花瓶中有一支滴露的百合，仿佛在嘲笑人生的愚笨。

花的独奏曲颇有意味，加上绘画和雕刻的协奏曲也很迷人。石州曾经把一些水草放在浅盆里，用来使人想起湖泊和沼泽中的植物，上面的墙上挂着相阿弥所作的野鸭横空的绘画。另一个茶人绍巴用一只渔家茅屋形状的铜香炉和海边野花与一首书写海边的孤寂之美的和歌相配合。一个客人曾说，他从这首协奏曲中感受到了晚秋的气息。

让我们用一个故事来结束这永远也讲不完的花的故事吧。在十六世纪，牵牛花在我国还是一种稀有的植物。利休在自己的花园里种满了牵牛花，并且十分细心地照料着它们。利休的牵牛花的名气传到了太阎的耳朵里，他传话说想要观赏利休的牵牛花，于是利休邀请太阎在约定的日子到自己家里来喝早茶。这一天，太阎走进了花园，但是他连牵牛花的影子都没有见到。土地被平整过，铺上了美丽的石子和细砂。这位暴君怀着愠怒进了茶室，但是，迎面的一幅景象却平息了他的怒气。壁龛里,在一个珍贵的宋代青铜器中有一支牵牛花,它是整个花园中的女王。

我们从这些事例中了解到了"花御供"(Flower Sacrifice)的全部意义。也许,花也领会了其中的全部意味。它们并不像人那么卑怯。有些花为死而自豪——确实,日本樱花就是这样,当它们随风自由飘落的时候。不管是谁,当他站在吉野或岚山的漫天飞花的香气中,一定会懂得这个道理。樱花像镶嵌着宝石的云在空中盘旋着,在水晶般的溪流上舞动着,然后随着欢笑的水花飘向远方,它们仿佛在说:"再见吧,春天!让我们踏上永恒的征途。"

张唤民　译

与花儿攀谈

〔埃及〕艾哈迈德·巴哈加特

我站在一株花面前,这花孤零零地生长在一座被遗弃的花园里。这花园坐落在沙漠中的一个庭院里。花儿感到孤寂,或者我是这样想象的。在这个地方没有任何别的东西,只有她。我以为她一定渴望着一个绿色的伙伴,来慰藉她那无边空旷中的孤独。

我对她说:“早上好!你是此处最美丽的花朵!”

她说:“‘最美丽’是什么意思?”

我明白了,她太谦虚了,谦虚到这种程度——不知道自己是美丽的。造物主的法则——花儿们都顺从这法则——使我感到惊奇。我又问她:“你在泥土的黑暗和沉重中开辟道路时,想着什么?你感到很痛苦吗?”

花儿说:"什么叫'痛苦'?"

我明白了,痛苦只存在于人类的生活中,而纯美也是她所不了解的。

我又问她:"我很遗憾,你现在在想些什么?"

她说:"我在想给空气送去芬芳的时刻。"

我问她:"你喜欢空气到这种程度吗?"

她说:"太阳是原因。"

我说:"你陷入对太阳的爱了吗?"花儿说:"太阳给我能量,上帝允准太阳给我能量,使我充满了馨香。这馨香将一直囚于我的内心。所以我想,何时芳香将从我溢出,散发在我周围的空气中,而这就是正在发生的事情。"

我问:"花儿哟,对你的奉献,你将得到什么?"

花儿说:"我不考虑这些。我不问将获得什么,我只给予。"

我对她说:"我希望你回答我的问题。再想一想,对你的给予你将得到何种补偿?什么样的回报?"

花儿说:"什么叫'回报'?"

我对她说:"我似乎在和你用另一种语言说话。我很遗憾。你现在的梦想是什么?"

花儿说:"凋谢,走向老年的平静。创造物落于大地,这多么美妙啊!它给予馨香,留下智慧。"

伊宏　译

花的智慧（外一篇）

〔比利时〕梅特林克

我在本书中仅仅是想提出诸位植物学家都熟稔的事实。我并没有什么新发现，我的奉献也微乎其微，可以归结为某些基本的观察。当然，我无意对各种植物向我们提示的有关其智慧的全部证明予以逐一评点。这些论据不可枚举，绵延不绝，而花卉尤其集中体现了植物一生趋向智慧和精神的努力。

假如人们碰到某些笨拙的或不幸的植物和花卉，那也不足以说明植物和花朵全都缺乏睿智和灵气。所有的花卉都努力履行它们的使命；所有的花卉都雄心勃勃，它们在层出不穷地呈现其生存形态的同时，在大千世界蔓延，占据地盘。为了达到这个目的，按照受土壤制约的法则，它们必须克服比动物繁殖要大得多的困难，因此，大多数花卉都得求助于计谋、手段，设置机关和陷阱。这些技能从机械学、弹道学、航空学、昆虫观察等诸方面来看，常常领先于人类的发明和认识。

描绘花卉受精的重要系统也许是多余的：如雄蕊和雌蕊的作用，芳香的魅力，和谐的、鲜艳的色彩的诱惑，花蜜的生成等；花蜜对于花卉毫无用处，仅仅是为了吸引和招惹陌生的客人和爱情的使者，如蜜蜂、熊蜂、苍蝇、蝴蝶、尺蛾，这些使者将给花卉送来那静止的、隐秘的远方情人的吻……

这个植物世界，在我们看来是如此宁静，如此温顺；在这个世界里，仿佛一切都被承受，一切都寂静无声，俯首帖耳，沉思冥想。其实不然，在那儿，同命运的抗争实在是最激烈、最执着的了。植物最重要的器官——营养器官，它的根，把它同土地紧密相连。如果说，在我们肩负的种种重大法则中难以发现那最沉重的法则；那么，对于植物来说，最沉重的法则无疑就是迫使它从生到死，保持静止的那条法则。因此，它比精力分散的我们知道得更加清楚，首先要起来反抗什么。植物的固执的理念所赋有的能量，足以构成一种无与伦比的景象，它从黑暗的根部升起，组成有机体，并在灿烂的花朵中扩张。这种能量充分展示于同样的构思：它走向高处，逃脱了厕身于底部的命运；回避甚至反叛沉重而可悲的法则，自我解脱，打碎狭窄的界域，造就或乞灵于翼瓣，尽可能向远逃遁，突破命运禁锢它的空间，向另一个王国靠近，闯入另一个生气勃勃的、动态的世界……但愿它能进入那个世界；如果我们能够置身于另一种命运赋予我们的时代之外，或者，如果我们能够进入一个摆脱了物质的最沉重的法则的天地，那不是也同样令人惊异吗？我们将看到，花卉为人类树立了坚毅、果敢、恒心和灵气的不可思议的榜样。如果我们来解除压迫我们的形形色色的必然性，譬如痛苦、衰老和死亡，借助我们花园里一朵小小的花儿所显示的力量的一半，那么，可以相信，我们的境遇将迥然不同于现状。

大多数植物具有的这种对行为的要求，对空间的渴望，在花卉和果实身上也同样表现出来。这种要求，在果实身上可以轻而易举地得到说明；不管怎样，它仅仅显示出一种探索，一种并不复杂的深谋远虑。同动物界发生的情况截然相反，由于绝对静止这一可怕的法则，种子的头一号且最恶劣的敌人，就是作为父亲的根部。那是一个光怪陆离的世界，双亲在那儿无法越雷池一步，他们知道他们已注定要使自己的后代挨饿、窒息。任何一粒掉落在大树或植物根部的种子，都会失去生命力，或者在悲惨的状态中萌芽。因此，需要作出巨大的努力来摆脱桎梏，赢得空间。于是，就有了我们在森林和平原处处可见的令人赞叹的传播、推进和飞行的方式；我们不妨顺便举出其中几个最奇特的例子：槭树的空中螺旋桨，即它的翅果，椴树的苞片，菊科植物、蒲公英和波罗门参的“滑翔机”，大戟属的如爆鸣型弹簧似杯状花序，苦瓜表面瘤状突起的梨形的果实，芒果属表面的绒毛，以及其他成千上万出乎意料的、令人惊愕的机制，由此可以说，没有一粒种子不是彻底地创造一些属于它自己的手段，以挣逃母亲的阴影。

事实上，如果不稍微进行些植物学的实践活动，人们就无法相信所有这些耗尽了人们的想象和才智的令人赏心悦目的青枝绿叶的草木。请注意一下，例如红海绿蕴含着种子的漂亮的果穴、凤仙花的五片裂瓣、天竺葵舒展的五粒蒴果等。一旦有机会，别忘记仔细观察所有草药商那儿都能找到的罂粟的其貌不扬的头部。这颗大脑袋里装着值得大加称颂的谨慎和先见之明。人们知道，它包含着无数粒非常细小的黑色种子。必须极其敏捷并尽可能远地散播这些种子。如果包含种子的球形蒴果裂开、跌落或从底部打开，那么，这些珍贵的黑色火药在茎根部只形成一堆毫无用处的废物。这些种子只能通过果壳的最上部开口处撒出。蒴果一旦成熟，便斜倚在花梗上，随着微风，“频频仰头”，用地道的播种者的手势，把种子撒播于空间。

我还想来谈谈种子预见到自己将被飞鸟撒播，于是，为了诱惑鸟儿，它们在甜甜的包膜底部蜷缩成一团，例如槲寄生、刺柏、花楸等等。对于这样的现象，存在一种说法，一种功利性的理解，我不大敢坚持这一点，生怕重犯贝尔纳丹·德·圣彼埃尔[1]的错误。然而，事实上没有别的解释。带甜味的包膜对于种子，犹如引诱蜜蜂的花蜜对于花卉都同样毫无用处。鸟儿吃果子，因为果子味道甜美，于是，它把难以消化的种子也同时吞食。鸟儿展翅高飞，它把它吞食进去的种子几乎原封不动地归还，种子挣脱了外壳，远离了出生的危险，准备发芽。

人们出于幼稚的虚荣心，用相沿很久的成见去反对这些智慧。是的，花卉创造了奇迹，但是，这些奇迹又是永恒不变的。每个品种、每个类别都各有自己的体系，而且代代相传，毫无明显的改进。可以肯定，自从我们观察花卉以来，也就是说五十年左右以来，我们并没有发现玛康塔兰或卡塔兰改善它们设的陷阱；这一切都是我们能够予以确认的，这的确也是不足之处。我们是否仅仅做了最基础的试验？一个世纪以后，我们那令人惊异的爱沐浴的兰科植物生长在另一个迥然不同的环境，处于奇特的昆虫之中，我们是否知道它们绵延不绝的后代会做些什么？此外，我们冠以种类、品种、类别的名称，最终会被我们自己搞错，我们就这样创造出我们认为固定不变的、想象的典型，然而，这些典型很可能只是根据变化迟缓的情况，继续缓慢地改变其器官的同一种花卉的代表。

[1]贝尔纳丹·德·圣彼埃尔(1737—1814)，法国作家。

花卉先于昆虫来到我们这块土地，因而，当昆虫出现时，花卉便不得不以崭新的构造来适应这位意外造访的合作伙伴的特性。在我们一无所知的一切事物中，仅仅这一严格来说毋庸置疑的事实便足以证实什么是进化，归根结底，进化这一含义有些模糊的词语不正意味着适应、变化和智力的发展吗？

此外，即使不诉诸这些史前发生的事情，收集大量可资证明的事实也许并不困难，这些事实可证实适应能力和发展智慧的能力并不仅仅属于人类。无须重读我曾就这一主题在《蜜蜂的生活》中详细阐述的章节，我只简单地再提及两三个在那儿引证过的细节。譬如说，蜜蜂创造了蜂箱。在野生的原始状态，在它们的出生地，蜜蜂是在露天劳作的。由于我们北方的气候变化不定，而且又偏寒冷，迫使蜜蜂在岩洞或树洞里寻找隐藏的场所。这一天才的想法，使过去围着蜂巢一动不动，以保持巢内必要热量的成千上万的蜜蜂，得以去采蜜和照料“蜂儿”。在异常暖和的夏天里，蜜蜂重又恢复它们祖先生活在热带时的习俗，这种情形并不罕见，尤其是在南方。

另一个事实：黑蜜蜂被转移到澳大利亚或加利福尼亚后，便完全改变了它的习性。从第二年或第三年起，它发现那儿常年是夏天，花卉又不匮乏，它日复一日地生活，满足于采集日常必须消耗的蜜和花粉，于是，它最新的、认真的观察，战胜了代代相传的经验，它不再储备食物。布赫内以同样的思路提出一个观点,同样证明对环境的适应,并不是缓慢的、长期的、无意识的和不可避免的,而是立即的、有意识的:在拉丁美洲的巴尔多斯,蜜蜂整年都能在石油和糖的提炼厂中心找到大量的糖类,它们完全不用去拜访花卉了。

最后,请回忆一下,蜜蜂曾有趣地否定了两位英国昆虫学家克比和斯潘思的观点。"只要有人向我们证明哪怕这样一种情况,"两位学者说,"蜜蜂因形势所迫,便想用黏土或灰浆来代替蜂蜡和蜂胶,那么,我们就承认蜜蜂有能力进行思考。"

他们刚刚发表了这个相当专横的愿望,就有一位生物学家安德烈·克奈特把一种蜡和松脂调成的混合物涂在树皮上,他观察到他养的蜂全都不再打算去收集蜂胶,而且只利用这种现成配制好的、没有尝试过的新养料,在它们住处周围这种养料比比皆是。此外,在养蜂实践中,一旦缺乏花粉,只需供给它们几撮面粉,以便使它们立即懂得,虽然滋味、气味和颜色大相径庭,但是,面粉同样有助于它们,具有同花粉一样的效用。

我刚才就蜜蜂重新提起的话题,我想,同样可以在花卉的王国里得到证实。很可能,举例来说,只要鼠尾草属的众多品种所作的令人敬佩的进化努力服从于某些试验,并且这份努力要准备得比像我这样的外行所能做的更有条理,就足够了。在其他许多容易收集的资料中,巴蒂奈有关植物的饶有趣味的研究,使我们懂得,某些远离它们习惯和气候而被移植过来的植物，确实如同蜜蜂那样，善于观察新的环境，并加以利用。因此，在亚洲、非洲、美洲最先热的地区，每个冬天，都不曾毁坏我们的小麦，小麦重又变成它最初时的样子，成为像细草那样富有生命力的植物。那儿的小麦总是绿油油的，通过根系来繁殖，而且不再有麦穗和种子。当它从原生的热带故国来到我们的寒冷地区，需要适应新的环境时，它必须打乱原有的习惯，创造一种新的繁殖模式，正如巴蒂奈透彻地指出："植物的机体似乎不可思议地、奇迹般地预感到，为了避免在气候严酷的季节里彻底死亡，必须经历种子的状态。"

不管怎样，为了推翻我们前面曾谈到的反对意见，这些反对意见曾使我们兜了那么大一个圈子，只要人类智力形式之外的智力进步行为得到证实，哪怕是仅仅一次，这就足够了。但是，除了人们感到乐于反驳一个过于自负和陈旧的论据之外，有关鸟儿、昆虫、花卉的拟人化的智慧问题，实际上是多么无足轻重！尽管人们谈到兰科植物和蜜蜂时，说什么这是大自然，而不是植物或蜜蜂本身在盘算、策划、点缀、创造和思考，但这中间的差别于我们又有什么关系呢？一个更加深刻、更加值得我们热切注意的问题，对于这些细节具有决定性的影响。重要的是理解特性、品质、习惯，也许还有全部的智慧的目的，所有在这块土地上完成的智力行为都是来自于这份智慧。按照这样的观点，生物——尤其是蚂蚁和蜜蜂——的研究，是人们能够着手进行的一种最有趣的研究。在研究过程中，这种人类智力形式之外的才能的行为和典型，表现得尤为明显。依照我们刚才所证实的一切来看，这些意向，这些智力行为在兰科植物身上至少同群居的膜翅目昆虫同样复杂、同样先进、同样动人心弦。还应当考虑到，许多运动物体以及这些躁动不安的昆虫的推理方式和某些颇为艰难的观察，我们尚未涉足，而我们却毫不费劲地理解了那生性安静的花卉的一切悄无声息的动机，一切坚定而明智的推理。

然而，在对大自然普遍的智慧或宇宙的才华（词语在这儿是无关紧要的）表示惊讶的同时，我们在花卉世界里又发现了什么呢？为了不致一笔带过，因为这一科目会引起久远的研究，我们首先要指出，花卉世界中美和喜悦的观念，它诱惑的手段，它的审美趣味，同我们非常相近。不过，应当更确切地认定，我们的观念适应了花卉的观念。事实上，我们不能肯定的是，我们是否创造了适合于我们的美。我们所有的建筑图案、音乐动机、色彩和光线的调和等等，都是直接借鉴自大自然。且不提海洋、山峦、蓝天、黑夜和黄昏，譬如说，我们对于树木的美又能说些什么呢？我指的不仅是森林中的树木，这树木是大地的一种力量，也许是我们的本能和我们的宇宙观念的主要源泉，我指的也是树木本身，单独的一棵树，历经沧桑后它依然老当益壮。这些印象构成了明朗的底蕴，它们可能成为我们一生幸福和安宁的奥秘，在这些不知不觉形成的印象中间，我们之中有谁会不保存着对几棵美丽的树木的印象呢？当人们走过了生命旅程的半途，当人们达到人生的辉煌阶段，当人们阅尽了大千世界和人类的艺术、才能、豪华可能提供的几乎所有的场面，并体验和比较了许多东西之后，人们重又回忆起十分简单、朴素的事物。这些简单的记忆在纯净的天际竖立起两三幅纯洁、静止的画面，如果真有一幅能够通过隔绝两个世界的门槛的画，人们愿意让它和自己一起长眠。对我来说，我既无意设想天堂，也不愿去想象九泉之下的哪怕变得辉煌异常的生活；像圣博姆的雄伟的山毛榉，佛罗伦萨或我住处附近僻静之地的柏树或意大利五针松都给过往行人作出了必要的耐受力、沉着的果敢、奔放的热情、默默无言的胜利、严肃和毅力等一切重要情绪的示范，而在九泉之下，这些树木并没有它们的位置。

花的芬芳

以相当的篇幅叙述了花的智慧之后，我们再略微谈谈花的灵魂亦即它的芬芳，似乎是很自然的事。遗憾的是，如同对人的灵魂一样，这里涉及的是充满理性的另一种领域的芬芳，我们面对的是一种不可知的事物。对氤氲于花冠周围，即肉眼看不见却又令人心旷神怡的绝妙的氛围，我们几乎一无所知。其实，很难认定这种氛围意在引诱昆虫。首先，许多花卉，即便是香气扑鼻的花卉，都不接受交叉授粉，因此，它们对于蜜蜂或蝴蝶的光顾显得无动于衷或感到讨厌。其次，唯有花粉和花蜜才吸引昆虫，而一般来说，它们并不散发出明显的气味。所以，我们可以看见昆虫无视最为芳香动人的花卉，例如玫瑰和石竹，而成群结队围住槭树和榛树毫无芬芳可言的花朵。

应当承认，芬芳对于花卉究竟有怎样的益处，我们确实一无所知，如同我们并不明白我们为什么会感觉到花的芬芳。实际上，嗅觉是我们的官能中最解释不清的了。显然，视觉、听觉、触觉和味觉都是我们的动物性生活所必不可少的。唯有借助长期的教育和熏陶，我们才有能力毫无偏见地欣赏千殊万类的形态、色彩和声音。此外，我们的嗅觉还发挥重要而又并非独立的作用。它对我们吸入的空气起着护卫的作用，它是卫生学家和化学家，细心关注所提供的各种食物的质量，一切散发难闻气味的东西都在它面前暴露出令人可疑或危险的苗头。不过，除了这一项具有实际意义的使命以外，它表面看来似乎不同任何东西发生瓜葛。芬芳对我们的物质生活的各个方面都毫无裨益。由于它过于强烈，过于持久，它甚至变得有害于这种生活。然而，我们拥有一种愉悦芬芳的官能，这种官能以饱满的热情和信心，就像发现果实或美味饮料似的，给我们带来喜讯。芬芳的毫无裨益这一点值得我们注意。它想必掩盖着一个美好的秘密。这是独一无二的情况，即大自然为我们谋取一种无偿的乐趣，一种满足，此种满足并不以必然性来掩饰某个圈套。嗅觉是大自然赐予我们唯一奢侈的官能。而且，它似乎同我们的身体几乎毫不相干，同我们的机体也并不那么休戚相关。嗅觉究竟是一种发达的抑或是萎缩的器官呢？究竟是一种蛰伏的抑或是苏醒的官能？一切都引导人们相信，它同我们的文明同步演变。古人几乎仅仅对最浓厚、最强烈、最粗犷的香味发生兴趣，可以列举麝香、安息香、没药、乳香等等。在古希腊、罗马和希伯来的诗篇中，很少提及花的芳香。而今天，我们不是可以见到农民甚至在他们闲暇时也乐意闻闻紫罗兰或玫瑰花吗？反过来说，大都市的居民发现一朵花时所做的第一个动作不也是这样的吗?因此，有某种理由来假定，嗅觉在我们的官能中可能是唯一最后生成的，但并非如生物学家们沉重宣称的是"趋向退化"的官能。这正是我们依恋嗅觉，对它进行考察并培育它的种种可能性的缘故。当嗅觉与眼睛具有同样完善的功能，例如在狗的身上，它在同样程度上借助鼻子和眼睛而生存，那么谁能来阐明嗅觉赋予我们的惊奇呢？

我们面临的是一个未经勘探的世界。乍一看似乎同我们的机体毫不相干，却又能相当仔细地察看这一世界的神秘感官，也许就是最能透视这一世界的感官。难道我们不首先都是以空气为生的生物吗？对于我们来说，空气难道不是最为纯粹的、最为灵敏的、必不可少的生存要素吗？而嗅觉不正是在某些方面感知空气的唯一感官吗？芬芳是我们赖以生存的空气中的瑰宝，它没有理由不去装点空气。这一未被理解的奢侈品，同某种极其深刻、极其重要的东西相呼应，正如我们刚才所看到的，与其说它同某些业已消失的东西相呼应，不如说同某些尚未生成的东西相呼应，这也许并不出人意料。很可能这一感官——面向未来的、独一无二的感官——已经理解了赋予我们惊奇的物质的某种形态，或某种有益而美好的状态的惊人表现。

同时，这又属于强烈却又最不敏锐的感觉。借助于想象，它几乎并不怀疑深沉而和谐的气息，这气息显然以气氛和光线笼罩着壮观的景象。当我们即将攫住雨水或黄昏的气息，为什么我们最终不能分辨和确定冰、雪、朝露、黎明和闪烁的繁星的芬芳呢？大千世界的一切，甚至一缕月光，一股潺潺的流水，一朵飘游的云彩，一抹蔚蓝天空的微笑，无不具有其不可思议的芬芳……

机遇，或者更恰当地说是生活的选择，此时把我带往出产和制作欧洲几乎所有香水的胜地[1]。事实上，就像人们所熟知的那样，在从戛纳伸向尼斯的阳光灿烂的地带，遍布生机

[1]即法国的格拉斯市，那儿盛产香水，有许多制作香水的工厂。

蓬勃、真情洋溢的鲜花的山丘和河谷，正在进行一场反对德国化学臭气的英勇斗争，那些山丘和河谷抒发出大自然的芬芳，抒发出如诗如画的乡村树林和原野所特有的芬芳。

那里，农民的劳作按照某种独一无二的花卉历法而进行，5月和7月，两位令人爱慕不已的王后，玫瑰花和茉莉花支配着一切。这两位王后，一位闪耀着金黄色的光辉，另一位穿着缀满白色星星的外衣；从1月到12月，触目皆是而又转瞬即逝的紫罗兰，纷繁热闹的长寿花，天真烂漫、赏心悦目的水仙花，丰厚硕大的含羞草、木樨草，充满珍贵香料的石竹花，专横跋扈的天竺葵，纯洁无瑕的橙树花、薰衣草、西班牙染料木，香气馥郁的晚香玉，绽开着毛虫状的橙色花儿的金合欢，众星捧月似的围绕着它们，络绎不绝，相继而来。

起初，见到那些身材高大、粗俗、笨拙的庄稼汉这样倾心于花卉，颇为令人困惑。他们细致入微地抚弄这些点缀大地的脆弱的装饰品，履行蜜蜂或蜂后的职责，在花叶繁茂的紫罗兰和长寿花下累得直不起腰杆，而在其他场合，极度的贫困则使他们失去生活的微笑。但是，给人留下最为美好印象的是玫瑰花或茉莉花盛开季节的某些傍晚和清晨。人们兴许会以为，大地氛围骤然起了变化，它被一个无比吉祥的行星的气氛所代替，芬芳不再像在人间似的那么短暂、模糊、虚弱，而是显得稳定、广阔、充实、持久、丰满、正常而又不可剥夺。

在谈到格拉斯及其周围地区时，人们不止一次地描绘过——至少我这样以为——这一主宰城市的神话般的工业的图景,这座勤奋的城市犹如一个阳光沐浴的蜂箱安置于山坡上。人们大概已经叙述过这样的景象：在热气腾腾的工厂门口卸下一车车美丽的红玫瑰花；宽敞的厂房里,拣选机在如海的花瓣中操作；紫罗兰、晚香玉、金合欢、茉莉花并非是大批量地运来,因而愈加显得贵重,它们被装进大篮筐,农民们庄重地顶在头上。对于种种操作程序,想必早已有过描写,人们根据花卉的特性,借助这些程序,获取花的内心绝妙的奥秘,并进而把它们在晶体状态中固定下来,我们知道,某些花卉,譬如善解人意、娇艳可爱的玫瑰,朴实无华地奉献出自己的芳香。人们把玫瑰花装进火车头一般高的大锅炉,水蒸气打锅炉旁过。渐渐地,比珍珠液还要昂贵的香精油一滴一滴地渗入一根鹅毛笔粗细的窄窄的玻璃管,然后在一个奇形怪状的蒸馏器的底部艰难地生成琥珀色浆液。

但是,大多数花卉并不是那么轻而易举地任人幽闭它们的灵魂的。在此,我并不想诉说花卉遭受的所有痛苦,人们为了迫使它们最终放弃它们不顾一切地隐藏在花冠深处的珍宝,便向它们施加各种各样的酷刑。为了对刽子手的诡计和受害者的倔强有所了解,只要想一想长寿花、木樨草、晚香玉和茉莉花因施用冷冻法萃取花香而蒙受的痛苦便足够了。我们顺便提醒一下,茉莉花的芬芳是唯一无法模仿,无法从其他气味的复杂混合中获取的香味。

于是，人们在玻璃板上抹一层两指厚的油脂，油脂上铺满花儿。借助怎样虚伪的手段，怎样甜蜜的许诺，油脂才终于获得义无反顾的信任呢？无论如何，过于轻信的可怜的花儿很快便香销玉殒了。每天清晨，收拾起凋残的花朵，把它扔到废物堆里，然后，在那狡诈的油脂层上，又一批铺撒的花儿替代了它们。现在该轮到新的花儿让位，蒙受到同样的厄运，如此循环不断。但仅仅过了三个月，也就是说吞噬了整整九十茬的鲜花之后，贪婪而任性的油脂浸透了香气扑鼻的废料，拒绝释放出新的受害者。

紫罗兰却不理会冷油脂的要求，只好再诉诸火的酷刑，于是人们把油脂隔水加热。经历这样野蛮的处理，这种春天在路旁盛开的纯朴而可爱的花卉便逐渐丧失了保持其贞操的力量。它屈服了，奉献出自身。那液体状的刽子手，在吮吸了四倍于自身重量的花瓣之后，饱和了，这就导致在紫罗兰盛开于橄榄树下的整个季节里，这种可恶的折磨一直持续不息。

但是，戏还没有收场。现在，不管油脂是冷还是热，重要的是使这吝啬的油脂吐出它吞进去的东西，而它则聚集自身一切难以捉摸的力量，以维护它已摄取的珍品。人们要做到这一点并非不费吹灰之力。它具有使自己沦丧的低级情欲。人们给它灌注大量酒精，使它陶醉，它最终便放弃了努力。此时，是酒精掌握奥秘了，它一旦拥有这个奥秘，便也同样对任何人都秘而不宣，仅仅为自己严加保守。于是，人们便向酒精进攻：把它浓缩，使之蒸发，再使蒸气凝结，经历如此众多的险遇，几乎取之不尽，永不枯竭的、纯净的液态珍珠终于滴进了一只水晶的细颈瓶。

我无意一一列举提取的化学过程：石油醚、二硫化碳，等等。格拉斯的德高望重的化妆品制造商们信守传统工艺，他们对这种种非自然的、几乎是不正当的方法非常反感，这些方法仅仅产生刺鼻的香气，并且伤害花卉的灵魂。

谭立德 译

谈花

〔日本〕佐多稻子

我曾经考虑过：假使我非得做个什么买卖不可的话，做什么好呢？我还想过，开个花铺倒不错。这可是太不负责任的空想；要是真开起花铺来，一定要有各种各样的知识和经验。有时碰巧在电车上看见人家扛进一个相当大的行李来，原来是用草席裹得臃肿的一捆鲜花。想必是才从市场上进货回来，要不就是刚刚拿去出售的。反正花儿一经草席包裹起来，就不是一束一束的花，而是花儿的包件。我窥探了一下草席里裹着的花儿，都伸着脖子，五颜六色挤在一处，挨得紧紧的，差不多连气儿都喘不过来了。在草席包里，一朵朵的花儿的美，当然是看不到的。然而对于我，这种草席裹着的花儿包件，却有着一种魅力，总想窥探一眼。因为这些花儿都好像知道，只等包裹一打开，一枝枝松展开来，就能喘回这口生气了。我所以爱去看，就因为感觉到她们这口凝结着的生气啊。

去年，我在九州的八幡市住过一晚，感觉到早晨街上叫卖鲜花的特别多。在早晨的清静街头，只听见男人声音，女人声音，少年声音，一声接一声，数不清的卖花人喊着“卖花、卖花”走过去。我还没有起身，枕上听来，感到早晨的清爽，和一日之初的朝气。卖花人之所以这样多，想必是此地还保存着往时的风习：每天早晨要更换佛坛[1]、神龛前的供花。这么说起来，我记得儿时在长崎老家里，也曾每天早晨换插佛坛供花。到了东京之后，许是我自己生活太忙乱了吧，但是记得也不是家家早晨都买鲜花。前几年，早上也曾有推车子的卖花人，嘎吱嘎吱响动着剪子穿街过巷。只要听这剪刀响声，就能知道推车子的东京卖花人来了。但是不知道近来东京街上，还有推车卖花的没有。住得太偏远，东京市内街上的情形，简直不大知道了。可是我有个朋友，是个诗人的妻子，听说她常推着婴儿车，装载着花儿出去兜卖。大概沿街卖花的人也还是有的。据说那个诗人，在太太出去卖花的时候，独自在家里看孩子。这话可不能令人听了没有感慨。

又听说，夜晚在一些酒店舞厅之类的地方，有些孩子捧着蜡纸裹着的花束，向客人兜卖；他们也常遭到呵斥，甚至驱逐。在昏暗的夜晚捧着在酒店舞厅里兜卖的花朵，一定是毫

[1]日本人家的佛坛，供的是祖先牌位。

无生意的。而为了生存的竞争，这些孩子们也够凄惨了。逼迫这些孩子们到这样地方去的这个社会，实在使人感到又气愤，又痛苦。这时的花儿本身，也够惨的了。每天早晨换供佛坛、神龛的鲜花尽管是旧习惯，但鲜花毕竟还是清晨卖的有生气吧。

人家都说，长崎的筑町市场，单从市场这一点来看，就自有一种不同于别处的特色。好几年前，那时还在战时，我曾回到二十五年没回去过的长崎，逛过一次筑町市场。那时我不但重温了一遍对故乡的记忆，也感到说不出在哪一点上长崎的确掺杂着一种异国的风习。用扁担挑着浅底的筐篮卖东西的姿态，原也是日本的古老姿态，可是在长崎见到的，就有点儿像中国的了。长崎的市场里，尽是些挑了这种筐篮赶来这里做买卖的附近乡村的农民。他们就在一些大店家的门口，货摊的前面，石台阶的脚边，随地摆下一对筐篮，等待顾客。这样的人，不知有多少。我看见一个头上包着手巾的大妈，跟她旁边的一个同行在聊天，她面前的一只筐篮里，散放着些剪枝的洋水仙；另一只篮里，却有着不多点儿的鸡肉。这位大妈，就是把鸡肉和花儿，分两头挑到市场来做买卖的。这样的景况，使在东京住家的我，觉得很新奇。真正从自家地里剪来的花真是新鲜啊！东京见到的花绝对比不上。就是包在草席里的那种成捆的花，也远远赶不上。并且，在这样杂沓喧嚣的闹市里，这些花儿就这么在地上，虽然可怜，倒更显得风雅了。街上叫卖的花儿，如果也能这样清鲜，买的人也一定能心旷神怡了。

战后呢，我就没上花铺买过花。近来算是住在乡下了，有时候也从近处讨点来，或是剪点自家地里开的不定什么野花，插在房里的瓶子里。战争结束了，这次我正想插瓶花的时候，偏生花儿都成了高价珍品，买也买不起了。还有一次，我忍不住生了气，把这事写进一篇文章里。我的心情是这样的：想欣赏花儿而不得不联想到价钱，好不容易买到一朵花，却要把它当作珍宝来鉴赏，这真让人感到凄凉难受。这大概是由于我总爱对社会说闲话，发议论的缘故吧。我觉得野地里的花，就是一朵也好，有时也讨来插插。不过，我并不想借它来按捺我好发议论的心情。

我对花也有一段带着复杂心情的记忆。战事快结束的那年四月，空袭正是激烈。那时我们住在淀桥的高田马场附近，暴露在火星儿横飞之下，很想找个至少不被火包围的地方。幸好壶井荣君在离她家不远的中野鹭宫地方，给我找到一处人家疏散留下的空屋。当时，搬家的车子也不容易找。一个中学生的男孩要上工厂，我只好和小学刚毕业的女孩两人，肩上背着高高堆起的每天必需的锅盆碗盏之类，两手还提着包袱，奋勇搬运。半路上我泄了气，先蹲下了。孩子却背着超过孩子肩力的重荷，走在头里鼓励我。再没有像那时那样深深感到自家孩子的可爱了。在这样狼狈搬运的时刻，还遇到了好几次警报。加上电车道也炸断了，只好步行。那时从高田马场到鹭宫的西武线电车有七个站，我们就沿着电车道走。半路上，靠近中井站的地方有樱花。那一带的房子都给烧掉了，樱花树还在。当时八重樱正好盛开。记得那年的樱花比往年开得好。我和女儿背着东西，就在路旁并排坐下，我对着这八重樱的美，看出了神。心里念道："这樱花的美，可不能忘了。"这是一种复杂的心情。生活这样的艰苦，且来欣赏欣赏花儿的美吧。这种欣赏欣赏，实在是一种反对战争的不人道的心情。心里想：四下里一片火海，人们的悲剧和劳苦到了这种地步，然而上面却只顾任性地继续进行战争。从天上落下来大火。在这样的情况下，八重樱却开得这样的美，这是多么深刻的景象啊！好，且让我在这当中来看看花儿的美吧。我说了一句："花儿真开得好看呢。"女儿却只"嗯"了一声，似乎她一心在忍耐着，没有理会我的心境。

想不到，今年在悲伤里看到了不少的花。宫本百合子君的灵前，铺陈着许多美丽的鲜花。林芙美子君的灵前的花篮也真是多。相隔不久，竟不能不把两位女作家都埋在花里举行告别式；这在我，连肉体上都感到难以忍受的伤痛。灵前的花，为什么这样永远地留在我的眼前啊？

在百合子君的灵前，我也和壶井荣君、中野重治君，还有许多别的亲近的朋友们一起守灵。我和壶井荣君不住口地赞叹着灵前供养的鲜花的美："好美丽的花儿啊！"这时口头赞叹的虽是鲜花，可是彼此心里，不单在称赞花的美，其实都在赞美逝世的故人。从百合子君临终的时刻，到举行告别式的前后，我们似乎反复地赞叹了好多次灵前供花的美。这在我的情感里，还是第一次的体验。对着灵前的供花真切细看，也是以往不太有的事。我认为和意气相通的朋友一同赞美灵前供花，用这花的美一同来追悼故人，更不是常有的事。在百合子君的灵前，说这花儿真美的时候，这句话，不知不觉之间就成了赞美她的话了，所以我们都不必用明显的悲悼的语言，只是说这花儿真美啊！

这件事，给我一种很深的印象。因为一个人一生的生活态度，自然地都反映在这里面了；而且这件事，还使我不由产生了纠正自己的生活态度的想法。

钱稻孙　译

花前自愧

〔日本〕神尾久义

凡是花，无论什么品种，也不管东洋还是西洋的，我都喜欢。

如果非要我说出喜欢哪一种，那还是喜爱和自己有过某种因缘的那些。或许因为她们能引起我对往昔的追忆和怀念吧。

总的来说，那些小巧可爱招人怜惜的花，较之朵大色艳刺人眼目的，更使我喜爱着迷。当然颜色也一样，浅淡比起浓重更叫人心舒气和。像除虫菊、荷花、夜来香等即属此类。

现在对我来说已不存在见而生厌的花，可是孩提时代，见到石蒜、鸡冠花、八仙、向日葵等就讨厌。可能是神经质的缘故吧。

随着年岁增长，现在看到这些花不仅不厌恶，反倒喜欢起来了。我觉得雨滴打湿的八仙花有一种不可名状的风韵；石蒜给人内心深处带来和平宁静；鸡冠花和向日葵则仿佛具有一种把衰退的热情重新点燃的能量。她给人以希望和信心。

看花能使人愉快。这愉快不是别的，正是欣赏到美好事物的一种喜悦。因此，可以说美本身就是一种珍贵的宝物。美，不仅使人们的眼目甚至心灵受到清新感情的熏陶，美又使人的神经得到安定。

花的美丽不夹杂任何利己的目的，她和人类不同，不是人工化妆出来的美，因此，更能动人心弦。

从这个意义上讲，我不欣赏那些名家的浮夸造作的瓶中插花。银座的百货大楼时常举行插花展览，把一些枯木弯枝拼凑成作品，这实际上已超出了插花领域，不过是一种单纯的造型艺术。我无论如何感觉不出它的"美"来。

尽管人们对美的感受各有不同。但我相信："美"决不是一种道理，也无需进行说明。

一些插花世家的宗主和大师创造了以奇制胜的插花作品，然而我觉得那些信手插入的素雅平常的独枝瓶花更为美丽。自然的美，反而能使人绵想宇宙之宏大，告诉人们天地之无限广阔。

我这么说并不等于我赞成独枝瓶花或者朴素的插花。归根到底，我认为从泥土中萌芽、生长、展叶、开花这一自然生态，是最优美动人的。花儿只有在茂密的绿叶丛中才能生机勃发。当然也需要适度的光照。梅花和樱花之美正是由于树木的衬托才光彩夺目，并且由于枝条纷乱交叠而显得灿烂无比。树木也如此，两株要比一株好，三株又比两株好。树木越多，花色越发艳丽。繁茂与美丽，错综复杂，交相辉映。因此，大自然界花木之“美”才能充分显现出来。

我对周围事物是不大轻易动感情的。可是如果路过别人家门前，突然从院里飘出一阵花香来，我会不由自主地停下脚步。要是花枝伸展到墙外，我定会观赏良久，甚至揣度庭园主人的心境，使自己的胸怀得到充实。

俗语说：“爱花者无坏人。”还有一句谚语是“盗花者也属风流”。这些话的含义不难理解，但我总感到它是自私自利者的歪道理，因而我不喜欢。以前政界首脑提倡“樱为百花王，武士为人杰”，特别着意渲染樱花凋谢时如何坚贞纯洁。樱花自然也是花明香远的盛开时节最为美丽。花是应当欣赏的，但人类不应当轻率地对待生命。这是理所当然的吧。

提起赏花佳期，自然是鲜花盛开时节最好。可是近来温室培养的花卉大量上市，使很多品种提前了开花季节。这种风潮，无视谚语所说的“花为三月好，菖蒲五月艳”，令人难于理解。“花为三月好”的“花”，指的是“樱花”。“樱”是日本花木的代表，这一认识似乎自古已有之。奈良时代的“花”是指梅花而言，因此樱花取代梅花的王位可能始于镰仓时代。这正好和武士兴起的时期相吻合，大概是武士爱上了樱花骤然开放又骤然凋零这一特色吧。第二次世界大战期间，日本的执政者甚至把樱花塞进教科书中加以讴歌，这实在是给樱花帮了倒忙。

扯得太远，还是书归正传吧。所说的"花为三月好……"意思是观赏樱花的佳期是三月，欣赏菖蒲应当在五月。万物都有其最美好的时光，万事均有与其相适应的时机。因而赏花也必须正当其时。

"十月菊花，六月蒲"也是类似的谚语，但含义略有不同。菊花用于九月九日重阳节，菖蒲用于五月五日端午节。因此这个谚语多用来说明已错过时机，赶不上用场的意思。顺便再举两个相似的谚语，如："跳罢盂兰卖鲭鱼"，"夏送炉子冬送扇"，也都是这个意思。

世人通常认为鲜花的生命最短暂，因而当人们看到已过盛期、开始凋谢的花朵时，心中便有凄凉之感。如果不曾见其光彩夺目的盛时倒也罢了，凡见过她们的荣华者总要产生悲怜之情，然而那也许只是人类自己的伤感吧。

我想百花一定是极力歌颂其短暂的生命的，因为她们没有任何私念，只是一心要开出美丽的花朵。这就是她们的生活。一旦怒放，即使之后衰败、枯萎，她们也会感到心满意足的。她们活着的目的正在于此。人类却只见花之艳美，而不知花的高尚精神。人类应当在花前感到羞愧的。

周祥仑　译

花之旅

〔日本〕芝木好子

花开时节，获得了一次到奈良、京都的寺院访花的机会。赏花之旅，没有比这更风雅更快乐的旅行了。我胸中怀着一种期待，总也不能平静下来。赏花，当然是樱花。总想赶上盛开的时候，可是由于年年气候不同，日子定不下来。好容易选了日程，不巧碰上交通工人罢工什么的，又得变更。要想获得一次风流的旅行，那也是颇费脑筋的事呢。

春花时节天气易变。樱花盛开的那一个星期，不会有连续的好天气。暴风雨是樱花的宿敌。离开东京那天早晨，天气阴霾，小雨飘零，但天气预报说，西日本是晴天。奈良吉野山的樱花，京都平安神宫的樱花，常照皇寺的枝垂樱，在我眼前展现着梦幻般美丽的境界。我想，山上的樱花，都市的樱花，不会一下子一齐开放的，不管在哪里，只要遇上一次盛开的日子就满足了。

到达奈良是下午。直接去长谷寺。长谷寺又名初濑寺，自古代平安朝起，就是女人参拜的寺院。周围是大初濑、小初濑的群山。一进入山门，面前就是一条长带状的漂亮的登山走廊，一共一百零八间，三百九十九段。石阶平缓，长廊里有柱子。每年到花开季节，两侧的庭院里盛开着牡丹，一直延续到山顶的本堂。这华美丰丽的牡丹花，令人想起极乐净土，久久难忘。因此，每到牡丹盛开时节，我就有点坐不住了，总想到长谷的牡丹寺看一看。今年，到这座以牡丹闻名的古寺观樱，老实说，我并不抱太大的期望。

午后，雨刚刚停歇，山门里没有什么人。平时，门前牡丹盛开，只要一瞥就叫人心动，而今只能看到牡丹叶子。代之而来的，是盛开的樱花装饰着山门。一排排高大的枝垂樱，伸展着广阔的枝条，开着粉红的花朵，美丽，芳香。这种繁盛的景象，不由使我瞠目而视。昨日的夜雨，滋润了蓓蕾，今日一下子开放了，花瓣鲜艳，花枝低垂，每一朵花儿都是那么娇美动人，令人如痴如醉。牡丹盛开时，没有注意这里会有这么多樱树，用瑰丽的花朵装饰着这座颇有来历的寺院。我被这满开的樱花所吸引，怀着梦幻般的心情走进山门。左右庭院的深处有僧房，粉壁前的樱花正当盛时，经雨洗涤后闪耀着润绿的光泽。今天，这条长廊不见一个人影。牡丹开花时，不论何时来，总是人山人海，真不知是来看花，还是来看人的。这般清雅的石廊，如今只有我一人仰望，真有点太可惜了。我一边怜惜着这绚烂的樱花景色，一边一级一级地攀登着。这层层叠叠的山石，是那般清静，深深感染着我。不一会儿，长廊拐了个弯儿，经过一段陡峭的石阶，便到达山顶的境内了。本堂位于群山苍翠的高峰之上，境内十分宽广。池畔有美丽的枝垂樱。我喘着气，忘记了登山时的疲劳。

天武天皇时代，道明上人将千佛多宝塔铜盘安置在长谷寺的西边山冈，其后，圣武天皇时，德道上人奉敕祭祀十一面观音菩萨。本堂前面安装着像京都清水寺那样的舞台栏杆，顺着长廊直下，壮丽的山景一览无余。一方可以看到五重塔掩映于青叶和鲜花交织的美景里，使我流连忘返。真不愧是和吉野山齐名的赏樱的胜地。平日里，雨后的长谷寺，仿佛就是属于我们的，充溢着花的景色。是这脱离俗世的山寺之花招引着我。在这空无一人的栏杆下，今日同樱的相逢，使我深切体味到“千载难逢”这个词儿的真意。我切实感到，只有今天这一瞬间，这亭亭而立、香艳动人的樱花才是属于我个人的。

回来时，我在繁花似锦的崖下遇到一位和尚，他告诉我：“这是绯色樱。”

这一带也盛开着木兰花。不久，牡丹和杜鹃也要开了。秋天的红叶也很美。我想，一年到头都能看到应时的鲜花该是多么幸福。

从长谷寺归来，见门前和道路两旁排列着小商店和小旅馆，总也看不够。这里响着揽客的叫声，是都市里很少见到的风景。这使我感到一种难以形容的怀恋之情。这里有卖葛粉和草饼的小店，都是粗鄙的山乡风味。回旅馆的路上，我在圣林寺拜谒了很有气度的十一面观音，还到文殊院的水池边观赏了樱花。

翌日是晴天，早晨去吉野山的路上，出租车司机告诉我：

“那是高松冢古坟。”

出乎意料，出土美丽壁画的高松冢，原来是个距离公路不远的小型古坟。这倒使我弄不明白了，奈良究竟有着怎样的“往古之墓”呢？

去吉野山要从橿原市坐电车到吉野山站下车，然后再乘登山缆车。电车沿吉野川行驶，进入吉野后，也可乘汽车沿公路前进，侧目可以看到运行中的登山缆车。吉野山呈马背形，绵亘于大峰山北端，约八公里长。因为月初下了大雪，吉野山的樱花稍稍迟了些，三天后才能盛开。正好，这样的时节游人稀少。我们坐在汽车上，一边行驶，一边眺望吉野山全景。不一会儿，就到达山麓间的如意轮寺。这一带称“中千本”，从这里到山下吉野山站一带称“下千本”，山上叫“上千本”。樱花是从山下向山上次第开放的。

如意轮寺是座古雅的山寺。本堂如意堂茅草葺顶，姿态端庄。后山是后醍醐天皇的御陵。天皇同足利氏相争,因失败逃出京都,不幸驾崩于吉野这个地方。次帝村上天皇正平二年(1347),楠木正行家族誓同足利氏决战,告别天皇后,在御堂的大门上写了一首辞世歌:“身死疆场辞梓宫,后生不再入鬼录。”

这首著名短歌,我们在孩提时代就听说过。这扇门扉被收在宝物展览室里。这座建筑的旁边有二重塔,附近的大山樱繁花满枝。也许是生长在高处的缘故,落花随风飘舞,独具风情。在这缅怀寂寞的历史的地方,看到飞花如雪,不由满心惆怅。久负盛名的吉野樱是日本最美的樱花,但是这一带即使盛开,也只占山地的三分之一,尚不能形成樱的云霞。看来白山樱较多,花色近白。据传,古代工匠开辟大峰山,在樱树上刻着藏王权现的像,后来樱树作为神木没有被砍伐。踏着满地落英走出御堂,我们又乘车去“上千本”。从这里一气进入山里,坐在车里浏览“奥千本”。山路两侧稍有余寒,樱花尚早。莺声呖呖,报告着春的消息。“奥千本”也正逢花盛,人和车都埋在花丛之中。虽说正赶上交通工人罢工前后,但周围静无人声,感到一种难以置信的爽适,尝到了身入深山的滋味。幽邈的金峰寺还保留着修道场的庄严气氛。青年们时常健步攀登到这里。

吉野水分神社的名字我以前就听说过。这里供奉着花纹浓重的美女像。听说偶人制作者平田乡阳先生特来这里拜谒此像，想必他已经制作出偶人来了吧。水分神社是祭祀司掌分配水的水神的，俗称子守明神。山门内围绕着小小中庭的是本殿和社殿。就这样，绕着山社一路参拜下去，一时尝到了清游的快乐。

近午，来到“中千本”的竹林院群芳园，在这里吃午饭。当初我们曾向这里预订房间，说是正逢假期，已经客满。到这里一看，因为有人担心交通工人罢工，不来了，空房间还是有的。本来是香客停宿的寓所，如今发展成颇为气派的旅馆了。山谷和庭园的景色令人心旷神怡。山崖下生长着高大的榉树、茶树和大樱树，林中小鸟飞鸣。吉野山的山茶树花红似火，灼人眼目。菜为怀石料理[1]，一边赏花，一边进食，倒也获得一时的心静。庭园的水池边，薄红的枝垂樱花朵灿烂，撩人心绪。这庭园谓之群芳园，原为千利休所造，细川幽斋改建，以四周广阔的自然为借景。其后，我们徒步而行，作回游式，见白木兰盛开，樱花满眼。山谷里的樱同庭园的樱不同，尚未开到十足，所以很可惜。长谷寺和吉野历来太为人们所偏爱了，吉野山因而更显得幽深。白山樱布满全山，到了飞花似雪的时节，我真想再来一次。

从竹林院下来，到吉野山站，我徒步走在这条长长的山路上。途中仍然可以看到旅馆、小商店和茶馆，出售柿子寿司、草饼和葛粉等土特产。山谷边的茶馆位于悬崖之上，可以

---

[1]品茶时一份一份次第饷客的日本菜。

自由观赏樱花，可今天，不管哪家茶馆都空荡荡的。我悠然散着步，哼着小曲儿。后来我对朋友说了，他很吃惊："怎么会呢?那条路总是挤满了赏花的游客啊。"途中有吉水神社和藏王堂，也适合驻足观赏一番。桃山时代，丰臣秀吉在醍醐寺和吉野山举办豪华的赏花宴，向天下炫耀权威，因而名传于世。可以想象，丰太阁是多么喜欢这里樱花烂漫的美景啊！樱花盛开时好，散落亦颇雅洁，不见一点凄清。吉野山规模广大，不管从哪个角度，都能看到漂亮的景致。繁花似锦，暗香浮动，春色恼人，如痴如醉。吉野山，在秀吉赏花宴的背后，隐含着后醍醐天皇南朝的悲剧，以及消失于吉野山谷的源义经主从的哀泣。我追溯着这段历史，不觉间走到了"下千本"。

从奈良到京都，此次旅行正好碰上晴天。京都的樱始于平安神宫的神苑。很久前，我读了谷崎润一郎的《细雪》，书中描述平安神宫赏花的情景。主人公们在洛中最美的樱花树下漫步、行乐。那时，我就对神苑的樱花十分向往。但我一直和京都的樱无缘相见。今天终于如愿以偿了。当我由朱红的平安神宫的社殿旁边踏入庭园时，我不由衷心发出了赞叹之声。眼前数不胜数的漂亮的绯红枝垂樱，仿佛是一排排头顶花笠的美人。走在绚丽的樱花道上，尽情饱览这繁盛的春景。红枝垂樱不同于白山樱，它的花瓣粉红鲜润，仿佛是"京美人"的舞姿，一枝枝，一轮轮，娇艳欲滴。神苑的花丝毫不带凄清之色。红枝垂樱如妙龄少女舞动着翠袖。《细雪》中的赏花一节，描写了夕暮将合之际，主人公们在神苑的樱花树下随意徜徉的情景。池边桥畔，路旁道端，廊前房后，他们在一棵棵花树下叹息着，带着依依难舍的回忆，对花儿倍加怜惜。如今，我也来到这满开的樱花树下，为这豪奢的枝垂樱深深簇拥着。我不能不感谢生存的幸福。绕池畔，渡回廊，时时看到樱花的倩影映入水中。我完全被樱花吸引住了。过去一提起花，我总感到唯有牡丹最好。神苑清雅的景致中，樱花唱了主角，充分显示了春日的情趣。我饱览着这美丽的景色，即使马上回东京也不后悔。我想，今后的赏樱不会再超过这次了。

京都城内是赏樱的盛时，那么越过北山的北桑田郡北町的常照皇寺，著名的九重樱[1]也许还未开放吧。但是我舍不得将拜谒颇有来历的常照皇寺的快乐轻易放弃。现在，通过导游图，京都每一座寺院都清清楚楚，然而常照皇寺是没有收在导游图内的寺院之一。从京都城内乘车一小时许，就到达保津川上游大堰川沿岸的山国村。所幸，平日车子较少，一路畅通无阻。路途遥遥，走了很长时间，好容易才抵达那里。山间静寂，成排的林木之中，一条长长的石阶一直伸延到山顶。那里有座山门，看见穿着黑色袈裟的僧人正在扫石阶。这一带天地别有情趣，是座没有淡季的观光禅寺。

进入山门有一个小池子。从旁边的石阶登上去就是方

[1]花杂九瓣的樱种。

丈。在这里招呼一声后便进入内庭。御堂背山而立,飘荡着静谧而清幽的气氛。这座御堂叫怡云庵,供奉着光严法皇的尊像。内庭有扫除清洁的石叠。庭里有名木“御车返”,还有指定为天然纪念物的“九重樱”。相邻有“左近樱”,据传是与御所紫宸殿前的树上嫁接而成的山樱。九重樱是生长四百五十年以上的老樱。这是一棵粗大的江户彼岸枝垂樱,枝条优雅地伸展开来,仿佛变成了三棵和五棵,充满了旺盛的生命力。一棵树能呈现出这么多的风姿,实在罕见。花蕾鼓胀,其色薄红,密密麻麻缀满枝头。我胸中一阵激动,多么天真烂漫的样子！我预感这棵名木不久将充溢着生命跃动的光辉,散发着芳馨。闭上眼睑,又蓦然睁开,十分兴奋,自己也仿佛变成了繁茂的樱树。我们坐在方丈的走廊上,一时间寂悄无声地眺望着庭中的樱树。

常照皇寺是贞治元年(1362)光严法皇作为开山第一世的天龙寺派的禅刹。法皇三年后驾崩,遗体葬于后山,即山国陵。后花园天皇及皇妃葬于后山国陵。此寺至今已延续六百余年,是一座具有高贵寺格的寺院。我们在方丈里会见了住持,听他讲述了此寺的由来和光严法皇的故事。听说住持每天早晨在法皇尊像前上供,进行心灵的对话。

“尊像呈现何种面颜呢？”

“木像,面颜很好,侧影有点像现任的天皇。”

我吃惊地发现,刚才扫石阶的和尚换了法衣,并排坐在这里。我们听他讲述了光严法皇高洁的人品。这当儿，附近的电话响个不停。

“九重樱何时盛开？”

都是这样的询问电话。因为电话太多，寺院方面也有些不耐烦，就回答说，常照皇寺是参诣之所，不是赏花之地。的确如此，我们也是来看九重樱和左近樱的，想到这里不由耸耸肩膀。俗人究竟是没办法的，打电话的人因为要到很远的地方，总想不虚此行，能正好赶上樱花盛开。而寺院广为人知，害怕受到无心人的污损。我希望九重樱能为爱花的人所欣赏。在静谧的庭园里，一旦看到燃烧着生命火焰的鲜花，就觉得活着的无限快乐。同花儿只能有一期之会。同常照皇寺也只能有一期之会。通过赏花，寺院也成为我们终生难忘的记忆。

我首次参诣这座寺院是三四年前的秋天。京都城里到处都是赏红叶的游客，到这里来总会感到心情安怡一些吧。由后庭高处的御陵那里有一条石阶伸展下来，正逢红叶盛时，背面的山峰和石阶一带，霜叶似火。红叶铺散在石阶上，鲜艳俏丽。顺石阶旋转而下，到达山门前的水池边。年轻人也来这里，宁静的空气打乱了，一下子热闹起来。为此，我就想下一次一定来欣赏名木的樱花。

“樱花什么时候最好看？”我问。

“当然是刚开的时候了。但是，也有一夜过后就付之流水的。"住持回答。

不一会儿，我们离开常照皇寺，穿过同来时相反的环山公路，经鞍马回京都城。

著名的护樱人佐野藤右卫门的住宅，位于左京区山越中町。据说，日本著名的樱树大都经过佐野君的手。佐野君身体不好，所以我们只打算看看庭园。过了仁和寺进入山越，公路旁就是具有广阔庭园的佐野君的家。作为护樱人佐野家的象征，大道旁生长着高大的枝垂樱，花事正盛。

听说，这种樱花在夜间经灯光映照会显得更加美丽，所以，我们赶在前一天晚上到达，想欣赏一下夜樱的景色。但不知怎的，电灯熄灭了，夜空里只显现出模糊的灰白的樱云。今日才听说，因为无心人会趁着灯光攀折花枝，不得已才关上电灯的。路边没有围墙，汽车的废气也一定会损害樱树。佐野君生在园艺之家，从父亲那一代起，就一心扑在樱花树上。他们探访名樱，用嫁接法防止衰微的名樱绝种，为樱的保护和繁衍立下了汗马功劳。

趁着好天，佐野藤右卫门君拄着拐杖，在作业场里转悠，正好来到我们面前。他说，那棵漂亮的樱树和常照皇寺的九重樱一样，属于江户彼岸枝垂樱，是在昭和二年播种长大的。

"这么说来，将近五十年才长成这副样子吗？"

"普通要花七十年。去年采下这棵树的种子加以培育，再过五十年也就像这棵树一样了。"

佐野君仰望着樱树，这棵薄红色的樱树称为丝樱，和冈山公园的祇园枝垂樱属同一系统。枝条纤细，丝线一般低垂下来。花朵八分开时最好看，花期为一周。京都名园之樱，老树次第腐朽，京都御所的御苑那棵著名的丝樱也枯萎了。现在这棵是佐野君移植过来的。

我们在佐野家广阔的庭园里看到三百多种樱树，其中有二百多种是嫁接，有五十个新品种和变种。一边走一边听他讲解，我们对佐野藤右卫门君一生的经历又惊奇又感动。以左近樱、常昭皇寺的九重樱的嫁接品种为首，还有新潟弥彦神社肥厚的八重丁字樱，伊势白子的不断樱是五瓣的大花瓣，金泽兼六公园的菊樱叶间点缀着紫红的蓓蕾，不久就会绽开菊形花来。佐野樱是牧野牧太郎氏命名，山樱淡红色的花瓣又多又漂亮。此外还有铃兰似的花朵低垂的曙樱，紫樱（乡间樱的一种，紫红色），从盐灶神社移植来的白盐灶樱，用花籽培育的神代樱，台湾的红樱，又称血樱的元日樱等，不胜枚举。我深深感到，他对樱的珍爱、认真与执着的感情。佐野君的性格颇为稳重。有的接穗嫁接在不同品种的台木上，困难程度很大，只能仰仗他的高超的技术了。他望着花盆里播种的刚刚出芽的樱的子叶，这位育樱名人的目光显得非常亲切。

佐野君夫妇谈起一件有趣的事：昭和四十年，他们到美国旅行，在洛杉矶会见了全美国樱的权威——植松三代翁，着迷于翁所培育的“二代曙樱”，买了二十株接穗带回来。佐野夫人将这些接穗放进皮箱，夹在衣服中间，路上三个星期，每天起早睡晚精心照料。在旅馆里，夫人每夜拿到阳台上淋夜露，白天精心收藏起来，生怕饭店人员给扔掉了。回国以后打开箱子查看，一点没有变化。

“二代曙樱”像染井吉野，花朵硕大，花色秾丽，生长得快。听说植松翁是在加利福尼亚的萨诺则市发现了这种树，并加以改造培育而成。佐野君其后嫁接了四棵，均获成功，开花前一直放在园里养护。看到佐野庭园无数种樱花，我想，夫人的全力协助也不可忘记。内庭里有小伙计在干活，看来，今天也在移植和嫁接。京都的名园之樱，有许多都经过佐野君的养护。一年消毒五次，肥料是油豆粕。我想，要培养出健旺的花，就得下苦功，这种艰苦的劳动只有到了樱树开出美丽的花朵才能算结束。

天色已经晚了，作为京都赏樱的最后一站，我们驱车驶过大原野，探访了胜持寺。这里又名花寺，是赏樱的胜地。进入山门后是一条陡峭的登山小道，使你感到进入山间了。到达这座深山中的寺院，时间太晚，来不及参拜了。特意老远地赶来，还是打算看看庭园吧。我们钻进栅栏门，骤然间，眼前低浮着一片樱的彩云。真不知用什么词儿形容才好。

庭内不太大，地形向下倾斜。沿石阶下去，一树树盛开的樱花，枝条相接，密密层层，掩映于游人的头顶。向下走到庭院，仰脸一瞧，樱花一色，仿佛天地都穿上了樱的衣裳。啊，真高兴！我想。自己从来没有如此同花儿相亲近，如此受到樱的熏染。黄昏之前，花朵伏俯下淡妆的面颜。除了我们之外，四周没有一个人影。我站在紧贴着头顶的樱花下面，一切都寂悄无声，多么沉静的世界。也许，花的精灵在向我诉说着什么吧。记得有位诗人说过，死后埋尸于樱花树下。我想，那精灵就是幻化为人形的花朵，而我抑或就存在于幻想之中吧。樱树变成了妖艳的精灵。歌舞伎里也有樱的精灵——一个名叫黑染的女人。时候虽然不早了，但我依然伫立不动。一阵风吹过，樱花一齐舞动起来，我想，如能掩埋于花雪之中，该有多么幸福。

时间太晚了，我们离开了庭园。这时，我才知道，这座寺院正是西行法师落发的地方。西行法师于此寺结草为庵，珍爱着一株株樱树度过了日月。这株樱树还在，叫西行樱。庭院里还种着佐野藤右卫门君赠送的樱树苗。

伴着夕暮，走出山门。我们告别了大原野。胜持寺是名副其实的花寺。樱之旅从来没有使我这样留连忘返过。都说樱花里栖息着花的精灵，我想，这是因为美丽的樱花完全生长于日本风土之中的缘故吧。山寺里樱云烂漫，优雅的红枝垂樱美艳无比，盛开的花树下香梦方酣。所有这些，将永远印在心底而不消泯。太阳就要下山了，我们离开京都，带着惜别之情，结束了这次赏花旅行。

陈德文　译

花儿种种

[日本]幸田露伴

梅

梅生于野，生于山，生于山小川之畔，生于荒矶之隈，不独一己之花香艳清美，亦使周遭诸物焕然生色。崩颓之土垣，歪斜之衡门，掌大之瘠田，粗陋之小社……此等常令人黯然忧戚之地，因有一二梅花绽放，遂成佳景。犹如德高心清之人，不论居于何处，则不为其居所之俗所移，而易其居所之俗也。读《出师表》而不堕泪之人犹可为友，不好此花之男不堪为奴矣。

岩桂

又名木樨，花虽不甚悦目，则至时而开。其香潜入垂幔读书之窗内，傲然挺立于园中一隅，当风吟啸。甘芳馥郁，花呈金黄色，零落于地，其后见之亦不无雅趣。只是唯有香气浓烈，如遁世操高之士多所歌咏者，反觉有些遗憾。

海棠

牡丹之盛，不憎蜂蝶之戏；海棠竞开，而妒色禽近之。花之美实未有过此者。为雨所恼，为露所浥，皆不失香艳之趣。红木瓜只堪为此花之侍婢耳。嗟乎美姬，所幸未诱人入迷阵矣。

栀子

栀子乃花中之拗者。居于藩篱而无恨色，于日光疏散之处静心开放。善知物性之人，纵然潜事隐世亦愈见其情深。花香不浓而优雅远布，如云横晨空，风定黄昏。尤有不作尘世俗物之趣。

忘忧

萱草于百草之中独树一帜。花开娴静，其趣不谄世，不媚人，亦不疏世，不背人。花虽无百合之美，但有可人之处。万般温顺之至，具君子之体态而小巧玲珑。虽非特别可赞，但颇招人怜爱。心中若有二三不如意之事，怨之忧之，乃人之常情。但愿面对温厚之此花，能忘其忧愈其愁也。

芙蕖

芙蕖可谓花中之王也。品高德秀，浑然天成。芬陀利亦好，波头摩亦好。芗泽清远，无岩桂、瑞香、蔷薇等迫人之气。其色雅丽，不似海棠、牡丹、芍药等娇媚。只许人观之，不许人狎之，风情尊贵，无与类比。于晓星薄明之顷，于霭雾迷濛之中，花开有声。风姿骤现，凌波俏然，惹人憧憬。待到风云突变，高树萧骚，天空沉黑，暴雨初降，此花则早已花瓣合闭。聪慧贤明，临变悠悠，明哲保身，胜于智者。花散时亦好，含苞时亦好。散后有一二花瓣浮于水面，寄身涟漪，似动非动，良多趣味。不独花好，其叶或浮，或卷，或开，或张，或破裂，或枯朽，皆好。茄绿时，赭黑时，皆无不好。纵成蜂巢时，见之亦不无雅趣。此花泠然盛开时，长久对之，我观花之心，花观我之心，两相对照，方感自身许多污浊，不胜愧怍。堪爱此花者，今世有几人欤！

李花

——李花寂寞青白。夜疑关山月，晓似沙场雪。古人之吟咏不谬。开于贫家残屋之畔，荒郊野篱之旁，虽为春天之物，亦多悲戚。歌曰："冬雪未消融，山间芳李开。"道尽其趣。此花开于山中人家之墙下，最为相宜。花繁而不远则不雅。杨万里诗云："李花宜远更宜繁。"可谓深得其妙。

梨花

李花悲，梨花冷。海棠花美于朝之露，梨花雅于夕月之光。樱花丰腴，梨花清癯。花中之怪当推梨花。自始至终，寂而不俗。闻异邦有色红而千叶者，异邦之花即非珍品，亦比我邦之花更为美艳矣！抑或我邦只愿得其果而挠其枝矮其干之故乎？得无我人对梨树花果之趣所知甚少，昏昏度日，未能发现其花天然美妙之故耶？较之诗，歌中褒扬梨花者甚少。

木芙蓉

木芙蓉叶明花媚。秋花中除菊外未有及此花之美者。晴雯女子死后为司此花之神，多情男子悲恋之余，于此花盛开前，不顾黄昏露深，谨捧群花之蕊，冰鲛之縠，沁芳之泉，枫露之茗此四者，念呕心之文以察之。此等故事，十分有味。又据所载，桥场某人之庭空阔，此花盛开，当年秋之夕暮，见某人于斯处痛哭。楸榆飒飒，蓬艾萧萧。夕月光薄，西风凄凄。眼见此花美艳非常，徘徊左右，软语温存。书上故事皆非实事。细思之，而又自嘲之。我之情痴亦不亚于彼等男子矣！如今再三思之，本愿变得殊更贤明，孰料愈益愚痴也。

陈德文　译

山百合

〔日本〕德富芦花

后山山腹长满了葱茏茂密的萱草。中间点缀着一两棵山百合。白花初放，犹如暗夜的明星。转眼之间，很快开满山麓，含笑迎风。而今，这花比午夜的星星还多。

登山访花，花儿藏在深深的茅草丛里，不易发现。

归来站在自家庭院里眺望，百花含笑，要比茅草秀美得多。

朝露满山，花也沉沉欲睡了。

黄昏的风轻轻吹拂，满山茅草漾起了青波。花在波里漂浮，宛若摇曳在水里的藻花。

太阳落了，山间昏暗起来，只剩下点点白花，显得有些惨淡。

又

住在东京的时候，曾经就百合做过如下的记载：

“早晨听到门外传来卖花翁的声音，出去一看，只见他担着夏菊、吾妻菊等黄紫相间的花儿，中间杂着两三枝百合。随即全部买下，插入瓷瓶，置于我的书桌之右。清香满室。有时于蟹行鸟迹之中倦怠了，移目对此君，神思转而飞向青山深处。”

夏季的花中，我最爱牵牛和百合。百合之中尤其爱白百合和山百合。编制百花谱的许六[1]翁，一口咬定百合为俗物。然而，浓妆艳抹的红百合，又怎能包括清幽绝伦的白百合呢？不要把我当作似是而非的风流人物吧。身处于人如云事如雨的帝都的中央，处于忙里更忙、急中更急的境遇的中央，心境时常记挂着春芜秋野之外的事物。对于一个不事农桑的人来说，买花钱就是我的活命钱。

我自从买下这瓶百合花，白天作为案旁密友，夜里拿到中庭，任凭星月照耀，夜露洗涤。早晨起来打开挡雨窗，首先映入眼帘的即是此君。一夜之间，减少了几个蓓蕾，增添了几朵鲜花。我从井里打来新水浇灌。水喷洒着花叶，带着粒粒露珠，随后放置于回廊之上。绿叶淋水，青翠欲流，新花初放，不

[1]森川许六（1656—1715），江户中期俳句诗人。“蕉门十哲”之一。他还长于画技，著有《韵塞》、《篇突》、《风俗文选》等书。

含纤尘。日复一日，今天蓓蕾，明朝鲜花。今日残花，为昨天所开。热热闹闹开上一阵随即衰落，花座渐次向梢头转移。看吧，六千年世界的变迁，从这枝百合花的盛衰上也可表现出来。

对花沉思，想起了游房州的那个时候。夏还是浅浅的。我没有人相伴，时常一个人孤独地登上海边的山岭。镜之浦平滑如明镜，浮着一两点小船。矶山的绿色同海色相映照。四处阒无人声，只有阳光充溢天地。矶山渐次没入海面的部分，略显秃兀，露出了岩石的肌肤。坐在这座山岩之上，白日亦可入梦。这时，一阵香风悄然而过，回头一看，一枝百合正立于我的背后。

对花沉思，想起了游相州山的那个时候。这地方即使一抔黄土也包含着历史。在倚山茅屋旁边，陡峭的石壁之上，幽深的古老洞穴里，古代英雄长眠的地方，细谷川流经之地，杉树阴下，小竹园中……随处都能看到白色的花朵。有时遇到背草的儿童，草篮上也插着两三枝。有时走在蛙声如鼓的田间小路上，猛然抬头，看见前面有饭粒般的青山。遍山萱草丛生，犹如山岳女神的头发，其间到处点缀着无数山百合，简直像自己亲手簪上去的。无风时，天鹅绒般的绿毯上织满了白色的花纹。一阵风吹来，满山茅草绿波摇荡，那无数白花宛若水面上漂动着的浮萍。

对花沉思，想起那次夏山早行的时候。山间早晨雾气冷，单衣更感肌肤寒。路越走越窄。山上松椎繁茂，山下细竹丛生。披草而行，满山露水尽沾裳。微风过后，送来一阵幽香。定睛细看，一枝山百合杂在细竹丛中开放。趟着齐膝的露水将它攀折。花朵如一只白玉杯，杯中夜露顿时倾注下来，打湿了我的衣裳。亲手折花，清香盈袖。

对花沉思，想起那高洁的仙女的面影。清香熏德，永葆洁白之色。生在荒草离离的浮世，而不杂于浮世。她虽然悲天悯人，泪滴凝露，面对忧愁，但时常仰望天日，双目充满希望的微笑。它生在无人知晓的山中，独自荣枯，无以为憾。在山则花开于山，移园则香熏于园。盛开时不矜夸，衰谢时不悔恨。清雅过世，归于永恒的春天。这天使的清秀的面影，不正是白百合的精神所在吗？

案头一瓶百合。我每对之，则感到神游于清绝幽胜之境。每有邪思杂念，看到此花则面红耳赤。啊，百合啊，两千年前，你开在犹太人的土地上。你在人的眼里，是永远传递真理讯息的象征。百合啊，你开在一个陌生国家的园囿里。百合啊，愿你将清香一半分赠于我吧。

陈德文　译

森林里的紫阳花

〔日本〕泉镜花

千驮木森林，夏天里白昼也很暗。这里的森林虽然不敢说深邃，但周围全被树木围绕，通向不动板、团子板、巢鸭等地的道路像蜘蛛网一般纵横交错，恰如黄昏时节攀登在林木幽深的山路上。尤其是小石川的白山上和追分一带地方，虽然形成一个圆形的高台，但因为下射的日光淡薄，小雨过后路也不干。住在这里的人家，婢女到市场上买青菜，总是穿着高齿木屐。污泥沾满了脚趾，尤其是水洼里游着水蛭，叫人害怕。越过一道丛林，阵阵风沙扑面。穿着“雪驮”❶草鞋的人来来往往。我挽起衣裾，脚上沾满泥水，大白天在这山间的路上走着，木屐也留不下印痕。真叫人有些难为情。

❶用竹箨做帮儿，里面衬以皮革的软鞋。

曾于落雨的夜晚辞别人家回自己家去。本来双亲已不在，两手空空，孑然一身，踽踽独行于竹园之前、祠堂之后、左右田野之间。肩上扛着蛇目油纸伞，走在高低不平的道路上，还要提防泥水溅上身来。就这样心惊胆战走到追分，一进入森林，面前一团漆黑，一无所见。过去，春雨霏霏倒还好些，一到夏天，暴雨沛然而至，我只得习惯地扬起衣袖挡着雨点。打着绰绰有余的油纸伞，缩着肩膀，带着游泳的姿势，摸索着右边，手指触到湿漉漉的竹篱笆。再用伞柄探一探左边，露出脸来一试，这时候风息了，空中依然大雨滂沱。蛛网挂在脸上，使人顿生寂寥之感。没想到雨下得如此之大。走出树林，街上暴雨如注。

驱蚊香在古井旁边袅袅升起。来到朋友家廊下，吸着烈性香烟的花匠说，他在森林里住了很长时间了。据说一到初冬，火车的轰鸣声一过，西北风一停，每次骤雨来时，就能听到狐狸的叫声。这是当然的。只是狐狸的叫声，宛如老夫耳畔蚯蚓的鸣叫。

这口古井，从前住着一户人家，妻子发狂死于井中。腐朽的井盖不很严实，上头压着一块巨石。朋友胆大，夜间萤火照着梅树桩上又湿又滑的青苔，明灭闪烁，于后门竹园内走上一圈儿，也不害怕。而我，在那恼人的雨夜，只要看不到朽木的燃烧和板户中泄出的远处的火光，还有那田间小路上行走的灯影，便感到庆幸。想想自己是个胆小鬼，只好闭着眼睛走路。细雨在小道两旁的树林梢头沙沙作响，时而听到猫头鹰的叫声。

以上所述皆为森林中的可怖之处，然而树林的风情远不止于此，尤其是朝夕之趣妙不可言。

早晨不知怎样，黄昏时曾由这片森林中走过。三四缕夕阳的光辉照着树干和树叶，树梢上笼罩着淡淡的烟霭。茄子园的茄根暗了，花朵也变成了小果实。

既未搭棚，也未支架，牵牛花的蔓子爬过西家屋檐，乌瓜花在东家的院墙上微微吐着轻雾。并非硬要写作俳句，这正是莺声阵阵入竹园的时节啊！

树丛里的日光逐渐昏暗，薄暝之中，蚊群聚集在没有房屋的地方。走在衣袖清凉的绿荫里，浑身上下有许多可爱的东西群集而来，互相交谈，倒也别有风情。使人看不够的是那美如梦幻的紫阳光。浅葱色的、浅绿色的、浅紫或浓紫的，其中也有开着大红或浅红的花儿的。夏天当然不用说了，这一带尤其多。由明处到暗处或由暗处到明处，石旁，竹畔，篱边，门侧，马兰丛中，古井附近，无处不见紫色的面影。静寂的森林深处，牛声哞哞，沼泽般的污泥中，栅栏破旧的牛圈里也盛开着紫阳花。

此时，有个人儿穿着整洁的白领上织着条纹的蓝灰色单层和服，藏青色的腰带将胸脯束得高高，挽结着雅致的高岛田式发髻，黑发里插着银钗钏。她坐在一辆人力车上，由一个扎着棕色护膝的强壮车夫拉着。车轮缓缓转动，顺着森林纵横交错的道路行驶，仿佛在为寻找要访的人家而苦恼。这里那里，到处是灿烂的紫阳花。一个小时内要走访六七家。实际上，那天我也在到处探寻初访的那位朋友的住址。

玉帘后边闪现出女子如花的面颜，玉容娇媚，衣饰鲜丽，映照着紫阳花的色彩。人力车踏板上火红的毛毡，在夕风里耀目争辉。究竟要在哪一座开满牵牛花的旅馆里停车呢？

听不见笛声。啊，此处住着年轻的诗人还是貌美的学士？那时所看到的优雅的森林的星光至今不忘，故而怀念之余，敢以毫无嫉妒之心作此文以记之。

陈德文 译

菜花

〔日本〕小岛乌水

家住市区的人最感不平的，便是郊外被源源不断地摧毁，到处盖住宅，建工厂。盖倒没关系，只是宽松、闲适的心绪从此消失，拘束得难以忍受。只要看看密不透风的住宅群，也常常憋得喘不过气来。若是屋边有那么一小块地，哪怕再微不足道，也足以改善人们的心境。没有公园里那些一本正经的花卉，也没有任何“摆给人看”的装饰，而且根本就无视这些。在这种随随便便不起眼的地方，人们可以随心所欲尽情地张开手臂伸个懒腰了。

我想至少应在那些接近市区或环绕市区的地里种些蔬菜，与其出于实用的目的供给人们食用，不如说是为了给人与人之间添进些永远踩不硬的柔软黑土，好缓冲一下拥挤的屋檐和彼此争撞不休的胳膊肘儿。从这点来说，要保存的话，就没必要为了月末少付点钱给蔬菜店而种些黄瓜茄子之类的，当然空着黑土原封不动也行，朦胧眺望春天的温润蒸发出土地的芬芳，不过这样也不免过于淡泊了，对我来说，春天的话别的暂且不提，最爱看的便是菜花。

春天诸花中，不知为什么，比起梅花、樱花、紫罗兰、蒲公英等等，比起其他任何花来，我最迷恋菜花。少年时代起便喜爱此花，去野外郊游，总挑菜花多的地方走。即使现在，要论春天景色，仍以为最美当算置身菜花地里，眼前菜花一片，一边听着牛虻嗡嗡的吟唱，一边看着书或是沉溺于所谓的"空想"(那时一直偏爱感伤，至今也未完全摆脱)。从东海道藤泽的松林中闪现出菜花上浮动的富士山，我曾断定这是一幅美丽的图案画，甚至考虑过富士山与菜花的配置。我最喜欢的赏花处在相模大山山麓、现今以烟草产地闻名的秦野附近，四处荡漾着黄色的花波，此起彼伏——可最近去一看，大都换种了桑田之类，到如今一切都成梦幻了。近年来菜花不可思议地从郊区消失了踪影。物价租税提高，榨菜籽油不合算，所以都开始种些更能赚钱的东西了，这也没什么奇怪，只是我不知为何总有一种梦境被吞噬的感觉。

关西地区不太清楚，东京、横滨一带，以及附近郊区，如今看见菜花，会让人稀罕得转回头了。当然，回过头观赏半天的大概也只有我这种人。住在大阪郊外的朋友、画家织田一磨君说:“大阪附近，漫山遍野金色的菜花光反射出太阳光线,菜花盛开时,天地万物都变成了黄色,强烈的反射光线如雪般耀眼，黄色原野的尽头则是一片紫烟缭绕的遥远山色，常常就会形成某种出人意料的对比效果。黄色的海洋里,还有撑着红花阳伞的姑娘轻盈而过。”他把菜花看作大阪自然风物的骄傲,在东京,这种自然是想看也看不到了。“菜花明月东流去,惟有日头西行迟”,“菜花丛中城郭现,更有群山依稀掩”等等都是春景中我愿永远保存的风景画。

有人说菜花有股粪臭味,所以讨厌它,幸好许是因为我的嗅觉不太灵敏吧,不仅一点也不觉难闻,反而因为这味儿而喜欢这花。它也许不像梅花那么高雅,但正是这种泥土味沁人心脾。

不过,菜花也快加入“濒临灭绝的生物”行列了吧,或者成为逃离京城者中的一员,渐渐从我们身边消失踪影。偶尔在城边小客栈，端上桌的泡菜里会夹杂几根菜花的花蕾,这种偶然的发现会让我多么欣喜啊!

我桌上现成的玻璃瓶里就插着菜花,这是让弟弟四处搜寻采来的。天鹅绒般柔软的绿叶相互交错,簇拥着柱子似的茎。柱子顶头,苔如花伞般聚集在一起,恍若虫蛹的盔甲,纤小、青苍而圆润。苔的集体下面,结成房的黄色四瓣花在电灯苍白的光线映照下显得格外艳丽。茎晶莹剔透,简直让人怀疑它的皮肤下是否流动着蓝色的血,那是所有春绿当中最出类拔萃的一种绿，凝望过去，它那凝结着早春残影般淡淡哀愁的身影，不禁让人联想起万物临终时的惨痛严酷。

即便如此，仍祈愿我家院子里能有块菜花地。

王奕红　译

巨椋池的莲

〔日本〕和辻哲郎

对于日本人，莲花属最可亲近之列。大大花瓣上美丽弯曲的线条，柔和而高雅的颜色，光滑并散发着清新气息的叶子，凡此种种，都给人以亲近之感。况且，在文化上，莲花所占的位置也相当高。给予日本人深刻精神内容的佛教，也是以莲花为象征。佛像大都安放在莲座上；佛画中有很多莲花；佛事活动要撒莲花瓣；佛经中最优秀的作品是《妙法莲华经》，这莲花经当时在日本是最受欢迎的。佛教在日本广为流传的强大动力是阿弥陀崇拜，而莲花盛开的净土的幻想又是这个崇拜的核心。由于上述原因，莲花遍布日本人生活的各个角落，不仅餐具中有呈莲花瓣形的小磁羹匙，而且在日本人的食生活中，莲菜要占相当的比重。

上述种种，都是我早已熟知的。然而，在巨椋池，观赏那盛开的荷花时，却使我为之一惊。我完全没有想到，荷花竟有这般惊人之美。

那是二十多年前的事了。当时住在京都的谷川彻三君，谈起巨椋池的莲花，约我同去观赏。我当时并没有当作一件正经事，只是说，如果有机会的话一定去看看。记得那是八月初五六的晚上九点左右，谷川君突然来到我的住处，叫我一起去看荷花。他说再过两三天就是盂兰盆会，那时要采集大量的荷花送到大阪和京都去。因此，一定要赶在那之前，现在去看最合适。还说要叫上落合太郎君一起去。于是，十点左右，我们赶到了真如堂北面落合君的住所，三个人一起去了伏见。

谷川君带我们来到了伏见桥旁边的一家旅馆。当时已经很晚了，况且，第二天三点钟就要起床，所以那天晚上没谈什么，很快就睡下了。

我好像刚睡着就被叫醒了，十分困倦。不过，从旅馆前边乘上小船，驶进淀川河，一下子就精神起来了。虽说是早晨，但天还很黑，只觉得淀川河一望无际。向下游划了一会儿，船进入了狭窄的运河，在房屋中间穿行。此时，天还没亮，运河两岸的景色模糊不清。约莫过了几十分钟，两旁渐渐开阔起来，我们好像到了巨椋池的一端，但天还没大亮，远处仍看不清楚。又前进了一阵儿，不知不觉像是驶进了一个大池塘。

船在荷花和荷叶间穿行。不知谁先提起的，荷花开放时会发出声音成了主要话题。我们怀着好奇心把船停在荷花跟前，三个人盯着一个马上就要绽开的花骨朵。那花骨朵一点儿也没有动，但旁边“咕”地响了一声，这声音很尖，不像人们常说的荷花开放时发出的“啪”的声音。这是什么声儿呢？我们不解地向发出声音的方向望了望，随即又把目光收回到眼前的花骨朵上，令人吃惊的是，这时它已经绽开了两三片花瓣，不一会儿便全开开了。我们虽然没有看见它开始那两三片花瓣的绽开，但一直呆在旁边，如果发出声响，是应该听得见的，不过好像确实没有什么声音。

那么，刚才听到的究竟是什么声音呢？我们乘着船，一边走一边不断地注意着身旁的花骨朵。偶尔也能看到刚舒展开第一片花瓣的，但都是静静地、平缓地展开，而不是“啪”的一下子。不过，那种“咕”的短促的声音，从远处、近处不断传来，而且好像间隔越来越小。我们很想找到声源，于是四处张望。这时，水面渐渐清晰起来，我们的视野也越来越开阔了。

我们谈论的时候，船夫一直没有作声。我们问他荷花开放时究竟有没有声音，他说，没听到过，还说，荷花也不都是早晨开，有前一天晚上开的，也有夜间开的，那种清晨发出声音的说法是很奇怪的。听船夫这么一说，我终于明白了，原来荷花在没有日照的时候，即天还没亮，人们看不见或者还没有来看的时候开，所以才会生出那些常人难以判断的传说来。当然，除日照之外，与气温也有一定的关系。上述时间里，室外空气变凉，与花蕾内部温度相对，情况与白天正好相反。也许正是这种微妙的气温的变化，与荷花的开放有直接关系。由此可见，气温最低的清晨，是开花最合适的时间。然而，那奇怪的声音究竟是怎么回事呢？我们又去问船夫。船夫若无其事地说："那声音啊，那是黑水鸡，黑水鸡睁眼的声音。"

谈论之间，不知不觉船已驶进了宽阔的池中央。这时，天已经蒙蒙亮，周围的荷花也能看清楚了，这是在短短的一瞬间发生的变化，于是，我们突然发现，已经置身在一望无际的荷花的世界里了。

荷花高出荷叶，我们坐在小船上，荷花有的齐胸，有的打眼眉；有离我们一二尺的，也有两三米的。船的周围竹篙可以够得着的就有几百朵，亭亭出水，姿态端丽，散发着清新的气息。盛开的荷花一直伸展到二十米、一百米以至五百米之遥，一眼望不到边。不论你从哪个角度，向哪个方向眺望，地面上，只有高出荷叶的莲花。

这景致完全出乎意料，若不亲临其境，实在难以想象，挨挨挤挤的荷花，从一朵朵到一片片，从少到多，由近及远，一下子全都映入你的眼帘。此情此景，完全去掉了荷花以外的形象，看到的是一个纯粹的莲花的世界。面对这意外的奇观，感慨之情油然而生。

这种感慨，并非只由莲花这一自然景物的形态和感触引起，而是从它所赋有的象征意义，通过外形给人的美感，骤然产生的。我们的祖先由莲花而产生净土的幻想，那种心境，以前对我来说十分陌生。然而，此时此刻，我仿佛感到产生了某种体验上的联系。沉浸在莲花的世界中，心境与佛教的理想似乎难以分开。这并非因为佛经中宣传莲花，佛教的绘画艺术中有莲花，而是因为从莲花的形态和触感中领悟到一种印度式的超越日本国土的东西。对日本人来说，它特别有助于象征超越现实的理想。然而它同时又是明显的印度式的，而不是超越印度的。日本的莲花与印度的是同一品种，据说，这种莲花现在仅存于亚洲的温暖地区和澳大利亚北部，埃及过去好像曾经有过，但现在没有。莲花传到日本，即使不是直接的，也是从印度传来的。当然，我也说不上来那是什么年代，不过，据说日本从太古就有，因此，可以认为是随着佛教一起传来的。由此说来，莲花不仅象征着我们祖先的精神生活，进而可以说它象征着亚洲文化。

我沉浸在莲花的世界里，由衷地感谢——从某种意义来说——强行拉我来看花的谷川君。

上述印象，是在天蒙蒙亮，可以望得见莲花池全景的时刻得到的。准确的时间我说不上来，不过，可以肯定是四点到五点之间。我们被这迷人的景色所陶醉，不知过了多久，在船夫的建议下，才继续向前行驶。在莲花的世界里，我们遍访了各个群落，于是又见到了意想不到的景致。

最先展现在我们面前的是爪红莲。花瓣的顶端呈淡红色，其余大部分为白色，这是最普通的荷花。小船继续前行，波动的水面使荷花和荷叶上下浮动，周围的景色也在不断变化。不知不觉来到了底红群落，花瓣上白下红，整个花呈淡红色，和刚才群落的颜色差异虽不很大，但连成大片，就显得鲜艳多了。

几分钟后，我们又来到了红莲群落。花瓣的一大半呈红色，只有底部是白的，一见便给人以鲜艳明快之感。看到这成片的红花，心情十分欢快，进而有些浮躁。漫游了一阵儿，渐渐适应了这里的气氛，情绪也随之稳定下来。尽管如此，当我们紧接着步入深红色的红莲群落时，仍然感到惊异。这种莲花瓣是深红的，一丝白色也没有，实在艳丽之极，连成大片，使人不由得产生一种异样的感觉，它给人的印象和大体呈白色的爪红莲迥然不同。如果说这就是莲花的代表的话，那么恐怕净土不会用莲花来装点吧。

红莲群落稍有几分让人窒息的感觉。离开这里，前进了一阵儿，又是一个令人惊异的景致，这里是白莲群落，顾名思义，一片洁白的莲花，一点儿红色也没有。置身在这白色的莲花之中，突然感到，它与平时常说的白莲不同。这种白色，与其说没有给人以洁净之感，莫如说给人以不快、可怕、污秽的感觉，像是在死神的世界里，寒气逼人。与此相比，爪红莲花瓣上的白色，不是纯白，而是略微带红。虽说感觉不到红色，但它给白色增加了一定的柔和感、温柔感。因此，使我感到，平时人们印象中的白莲，正是这种白色的花瓣，而不是那种纯白的。完全纯白的莲花并不漂亮，这决不是因为我们刚从艳丽的红莲群落出来才会有这样的感觉。全红的红莲过于艳丽，使人透不过气来，纯粹的白莲又过于冷漠、严肃，也没有意思，还是那种白里透红的最普通的莲花最为理想。

我们在荷花群落中巡游，完全忘记了时间。渐渐地，东方露出了鱼肚白，东西两侧的山也清晰起来了。随着周围景物的清晰，刚才那只有莲花的世界被破坏了。于是，荷花一直延续到天边的感觉也随之消失了。此时，我们的船已驶向归途。

归路是大煞风景的。我们还没有完全离开莲花池，太阳就升起来了。来时还看不清的景物，在朝阳的映照下已清晰可见。莲花池越来越窄，渐渐到了和水田的交界处，终于，小船驶出莲花池，进入了水田中间的运河，通过村镇后那肮脏的地段，驶进了淀川河。这之间，我们看到的，都是与美丽的莲花池景致不相融的东西，它淡化了我们对莲花世界的美好印象。我不由得想到，倘若没有这暴露现实的归途，那么，此次巨椋池赏莲实在是再好不过了。

回到旅馆，已经快七点钟了。那天的早餐，是放了鲜嫩荷叶的莲饭。

谷川君当时只字没提，事后，一次偶然的机会，谈到疟疾病的时候，他告诉我们巨椋池附近自古以来就有专治疟疾的名医，因为那里致疟疾的蚊子特别多。——不过，我们看花时丝毫没有怕蚊子咬的顾虑——我们问谷川君那次赏莲时为什么没说蚊子的事，他说："我要是不留神说出来，恐怕你就不会去看荷花了。"——落合君早在那之前曾被东山的致疟疾的蚊子叮过——我打心眼儿里感谢古川君的这一英明决断。想到那美丽的莲花景致，疟疾蚊子也就算不得什么了，何况黎明前后蚊子并不多。

巨椋池当年的莲花景致，不知现在还能否看到。因为，那以后，由于巨椋池的开拓工程，水位下降了好几尺，当时开花的地方，大概有不少已经变成了水田，不知莲花的栽培是否因此受了影响。倘若有要去赏莲的，希望了解一下现状再作决定。若是当时那种景致已经看不到了，那是十分遗憾的。不过，巨椋池非常宽阔，我想也许不至于吧。

许秋寒　译

山梨花

〔日本〕檀一雄

最近四五天，我巡游了木曾谷，这里的美景使我耳目一新。

樱树早已开出复瓣花来。山里的春榆、草樱、山梨，花事正盛，有白的，有桃红的。山毛榉和朴树隐隐地浮现着绿意。我感到，我的心仿佛被这淡雅的春色和这恬静的新绿洗涤得透明净亮了。

我真想告诉自己：这景色，这风姿，才是真正的美啊！夸张点说，这水灵灵充满生机的美景，才能真正显示出生命的博大和力量。

去年十二月，我到南冰洋走了一圈，在各种各样气象变幻和寒暖莫测的环境里经受了考验。如今我来到木曾谷，目睹了这里草木葳蕤、春意盎然的景象,觉得十分快慰。

我躺在野花丛里小憩,眺望着木曾山脉白雪皑皑的驹岳和御岳两座高峰,想到我已经很久没有回到生命的摇篮里来了,心中产生了无限的眷恋。

这种激动的心情,不管用什么语言都是难以准确表达出来的。

不过,也许可以这样说吧,我又好不容易回到人世这个现实中来了。不,无论如何,我必须再次回到人的世界上去。这朴素而极为明确的信念,是我在冰海时就形成了的。

我深深沉浸在木曾谷姗姗来迟的春光里。——我觉得我正躺在大地的怀抱之中,同天地结为一体。我的头脑得到了苏醒。我时刻戒备着自己那追求超逸的精神上的种种怠惰和危机。而且,对于今天的人生,我不想放过每一个发言的机会。

我顺手折下一枝山梨花,欣喜地嗅着它那幽微的芳香。我走在木曾谷里,心中不时泛起上述各种信念。

木曾谷的春色,优美动人,洋溢着生命的鼓舞力。然而,我所应当归去的日本,这个人类赖以生息的现实的场所,却叫人感到极度的不安。它正以惊人的速度向着颓废的人生疾步飞奔。我们甚至已经忘记,日本,这个我们所赖以生息的国度,正是靠着我们自己的全力支持和不断引导才得以存在的。

人的生命是仰仗自己的力量和诱导而维系的。对于人来说，最大的危险莫过于丧失了这个须臾不可间断的认识。对于那些杂居街头、徘徊歧路的人们，我见惯了他们那种抛弃自我、郁郁寡欢的神情和叹息。

过了十年之后，我还想到木曾谷里来，让山梨花的幽香将我埋藏。十年之后，我的生命真的能维持到那个时候吗？我们全力支撑着的日本，它那沉滞的病态，会出现好转的征候吗？

陈德文　译

兰忆

〔日本〕陈舜臣

祖父好兰，孩提时代，家中净是盆兰。当时还年轻的母亲喜欢兰花的香气。芝兰馥郁，自当高慢，是从来不管人的鼻子的。我记得小时候，为了防虫，兰叶上涂了黄色的药液，漂流的微馨，抑制着灼人的腻香，母亲似乎最喜欢这样的情境。

就此花而论，日本人着重欣赏它的颜色、风姿，而中国人却尊崇它的香气。芳香来自花心，没有芳香的花是无心的花。无论多么美丽，如若没有香气，或香气极薄，则不受重视。日本人尊为“国花”的樱花，中国人不以为然，其最大原因，也许在于花朵的早谢和香味的淡泊。

清康熙年间，出版了一部论园艺的书，叫《秘传花镜》，其中有一项“花香耐久法”，谈及如何才能保持花的长久的香味。试举一例：冬季用小竹刀裁取半开的梅蕾，浸入蜡中，置于木桶内，夏季取出，放在小碗中用温水泡发，则花开艳丽，芳香不减。在无梅花飘香的夏季，想出此种办法，也算煞费苦心。

不过，将梅蕾用蜡浸渍，千方百计保其芳菲，不能不说这方法有点过分了。

植物中的兰，动物中的麝，是芳香世界的两大冠军，合起来有“兰麝”之谓。仅就植物来说，兰和菊堪称双璧。从古代的屈原起，中国人就在诗中歌颂春兰和秋菊了。鲁迅诗中就有这样的句子：

春兰秋菊不同时。

汉武帝在《秋风辞》中歌咏兰和菊道：

兰有秀，菊有芳。

除了极少数嗅觉不灵的人之外，不管是谁都喜欢芳香之气。人们喜爱香气，因各人的嗜好不同，也许有的诗厌兰菊之香。尽管他们不喜欢，而香气依然飘来，无法拒绝。即使捏着鼻子，总不能一直捏下去的。

古来中国的帝王，作为受命于天的天子，被赋予教化人民的任务，好一点说是教化，另一方面也有干涉的时候。研究中国社会史的专家中，有人如法国的柏拉雪等把中国历代政权的性质称为“干涉者的国家”。另有一种看法是：这种教化或者干涉，正如花香一般，虽有不相情愿的一面，但也有另一面，那就是于不知不觉中，被这种“香气”所包裹，变得自然而没有强制性了。

浓香弥散谓之“熏”，试看“熏育”、“熏化”、“熏陶”等用例，不管“香气”自何而来，自古就被当作一种教育的理想加以推崇。

兰菊之香不是一时性的，例如簪于头发上或置于衣服中，其香可以移转，谓之“熏染”。

近朱者赤，近兰者香。因之，多用兰比喻那些自然受到良好影响的交友关系。在“洛克希德事件”[1]中，“刎颈之交”这一形容变得时髦起来。“兰兄”是称谓密友的雅号。“金兰之友”是说友情坚固如金子，美好如兰馨。这是指理想的朋友而说的。

日本人崇尚樱花的雅洁，似乎很晚才觉悟到它的香气。有一种说法叫“洁身自好”(这不是最近政界的流行语)，也许和“洗去东西的气味”的意思有关系吧。无臭的世界来上一点芳香，有时反而惹人厌恶，但女性爱用法国香水，这似乎已成了定规。浸润着花香的中国茶叶，在日本的需求不断增加。不

[1]发生于七十年代日本政界的贪污受贿事件。

谙芳香的人们终于发生了转变。

对于不习惯的事物首先加以拒绝，这是人的本能。永远不习惯是不幸的。现代，各种事物都在广泛地进行着世界范围的交流，漂流而来无法躲避的东西，今后会越来越多。对于这样的东西不应存在“异物感”。这种觉悟来得越早越好。这不正是我们为求得生存而必须的一大智慧吗？

陈德文 译

凌霄花

〔日本〕团伊玖磨

叶山真名濑和一色之间的芝崎海滨被填平了，海面上出现了一块平地。在这块平地上，好像实验究竟可以塞建多少房子似的，放船的屋子啦，住宅啦，东一幢西一间，各呈风骚，杂乱无章，密密麻麻地盖起来。这都是十余年前的事了。

填海之前的这一带，满潮的时候，是一片大海。海潮退后，则现出带沙地的海滩，是个风光绮丽的地方。潮退之后，你在海滩上漫步，散点的小水湾里，蝶蝶鱼和银汤鲤幼鱼，扑棱扑棱地游着。淤下的沙地上，回荡着挖浅蜊孩子们的欢快声音。

通常，看到海滩被填平了，一定会呼喊：这是破坏大自然，我们要保护美丽的海啊！可是，散步途中，目睹满载垃圾的卡车川流不息地来填海，一时间，虽说被这突如其来的粗暴的行为所震惊，却并没有愤怒之意。日本国土狭小，人口众多，土地昂贵嘛！所以，出现不拣场所、填海造地进行买卖的商人，也毫不奇怪。这些人对什么是美啊，珍贵啦，概无兴趣。要填随你在哪儿填好了，算我不知道有这么回事！由于自甘暴弃的心情占了上风，我加快了脚步，匆匆朝散步的地方奔去。

和散步之地隔着县道的一带，从前是高桥是清和北白川宫大人的别墅，现在成了神奈川县警察和一个什么公司的宿舍。孩童的时候，听大人们讲，在县道的空地上曾宰过牛，到了半夜，牛头就含怨从第四堵残垣处出来，跑到路上，因此，我们把拐弯的地方叫牛首。这是一个有些昏暗的去处。拐过弯就是一色了，右侧又现出明朗的大海。踱到山边众议院宿舍和十仁病院梅泽先生的别墅下，就到了海边。右边有一座带漂亮石围墙的洋房，日美开战前，美国驻日本大使古尔，总是到这里来避暑。战后，这里也还曾住过一位叫阿达姆斯的美国人。而今，它成了某公司的宿舍。在那高高的厚厚的石墙上，每逢夏季来临，沐浴着灿烂的阳光，就开出一朵朵妍丽的橘红色的花来。这些以碧空为背景缭乱盛开的花儿，不论是我散步之时，或是肩着钓竿在它前面经过之际，也不论从驰向车站的公共汽车窗口瞟它一眼的瞬间，在我看来，它总是三浦半岛夏日恬静的标志。很长一个时期，每逢夏天我都看到它，可是，却并不知道它的名字。一次，在围墙下跟一位很早就相识了的渔夫谈起它，渔夫说，这种花我们都叫它“脑天”。我不禁遐想：是啊，开在高高的石墙上，所以叫脑天。不过，查了几次也没有查到“脑天”这个植物名字。

过了好久，才从妻子那里知道，这种花叫“闹真卡子腊”，汉字写作凌霄花。那是我们结婚以后，住到叶山的那年夏天，妻子从石墙下路过，抬头看见这种花，不禁叫道：“哎呀，凌霄花开了，真漂亮！这可是中国的花啊！”妻子告诉我，凌霄花还写作紫葳，我立刻查了牧野植物图鉴，果如妻子所言。

可能是由于知道了它的名字而亲切起来的缘故，那以后二十几年里，我一直从各个方面观察起它来。而且，同它的距离越来越近了。那些缠缀在伊豆寺院松树上的，开在相模原农家围墙上的凌霄花；那些爬在三浦三崎渔夫篱笆上的，以及覆盖在秋谷家（迁居之户）房前枯树上盛开的凌霄花，等等，都是我观察的对象。

几年前，信步去日本桥三越店看山草展览，发现有卖这种花秧的，索性买了三棵，分别栽在房舍的中庭、大门口的篱笆旁和沿山墙三个地方。卖主说，这东西生命力很强，栽上很快就爬蔓开花。实际却不然，一两年了，还不见它有什么大的长进。春天植下的苗，到了秋天虽说长了些，可是入冬又枯萎了，依旧回到原来的大小，如此兴衰反复。其中，篱笆下的那棵枯萎了。我想，大概是光照之故吧！中庭的那棵处于半阴半阳的地方，所以长得也不好。只有南山墙下的那棵，几经寒暑，蔓儿枯了又复苏，反复几次，枝干茁壮了，吸根扎到窗框上。去年夏天，终于结了五个花苞。当五朵花儿在压弯的蔓梢上妍丽开放之际，我心情激动万分，不禁呼喊起来：夏天到了！夏天到了！并且拍了照片。

今年，凌霄花着了无数花蕾，而今，她正放声讴歌夏日哪！这是因为给花蔓搭了个容易爬的架子，以及花本身经年数月，体内已经能够贮藏能量的缘故吧！

不知为什么，有人说，凌霄花有毒，在日本不结籽。长期以来，还传说花中的积水滴到眼里，就会失明。可是，据说一些学者进行了实验，证明这种传说是错的。也许是由于它异常的美丽，不结籽，又多半生长在寺院里，不知为什么给人以不吉利之感，所以才出现这种传说吧！

辞典上解释，凌是高拔，霄是天空、云和雨。可以想象，梅雨过去，它似刺破晴空，高高地开放，所以给它取了个凌霄花的名字。

现在，夏日阳光妩媚，凌霄花绚丽多姿的橘红花朵正在交辉斗妍。

张云方　译

玫瑰

〔埃及〕穆罕默德·穆斯塔贾卜

几年前，我一直在不同的王国里漫游：人、精灵、禽兽、庄稼、伦理……我怎么就没留心那从带刺的闺房中羞涩地凝视着我笔尖移动的玫瑰呢?这哀伤地吟诵一首诗或愉快地咏唱一支歌时，令晨露、清风、果核、死神无法入眠的玫瑰！在我寿终正寝时，玫瑰默默地站在告别者的前列，是唯一不从我这儿接受任何遗产的高尚的忠诚者。

她是光华熠熠、生机盎然的花朵，以其艳丽的色彩和姑娘肌肤般的柔美光洁吸引着人们，从来就是受人尊重的花儿，挂在少女的脖颈上，佩在姑娘的衣裙上，点缀骑士的坐骑，夹进恋人的情书，插入新娘的鬓发，抚慰被钉上十字架的创伤，纪念知名或无名的先烈，缅怀已故的亡灵。埃及人还喜欢在用来许愿的活牛角上结扎玫瑰，印度人则在神牛身上披挂玫瑰串。玫瑰还是献给凯旋将士的第一份礼物，迎接贵宾或探访病人的首选赠品，更在小说、电影、忠贞爱情和缠绵悱恻的倾诉中占据一定的篇幅。

玫瑰的美，在于她自身闪耀着美的光环。清晨端详她几分钟，她会潜入你的心胸，使你整天有好心情，不施粗暴和邪恶，或许还能让你感到自己仿佛成了一只蝴蝶、一位天使、一个纯粹的人。

每当玫瑰在田野、园圃竞相怒放，会赋予大地一种崭新的意蕴。由于别致和独特的魅力，她被送往香精厂，或被扎成漂亮的花束，成为喜庆的标志。玫瑰往往能为小伙子肩负起向姑娘明确爱情信息的使命。中世纪罗密欧与朱丽叶时代，用玫瑰传递的情书是最多、最频繁的。罗密欧从姑娘家的花园里摘下一朵玫瑰，攀上姑娘住的小楼，一俟朱丽叶在阳台上出现，他就把花递给她的情景成了后来表达爱情的一个典型艺术手法，百看不厌。

玫瑰品种各异，但都期盼白昼；玫瑰色彩纷呈，但都为黎明悄悄地莅临而欣喜，更留恋美妙的声音。科学实验证明，若把玫瑰种植在一群鼓手的窗檐下，她会因鼓手乐器不断喧嚣，而在其生长周期结束前便提前枯萎。无独有偶，意大利著名作曲家、小提琴演奏家维瓦尔第园中的玫瑰又大又鲜艳，花龄最长。

我凝神观察一只蜜蜂飞近玫瑰并采蜜的情景，在它即将停落在玫瑰花瓣上之前，几乎合上了翅膀；当它靠近花蕊时，它是那般爱抚地低首贴心，将螯针深藏体内，它知道，对于玫瑰的脸庞来不得一丁点儿粗鲁和非礼。蜜蜂紧绕着花蕊，像亲吻似的把吸管伸向玫瑰小花蕊，吮吸着玫瑰的蜜汁。尔后，携带着花粉飞向另一枝玫瑰。在整个过程中，蜜蜂从不扇动翅膀，不想惊扰那似醉似醒的玫瑰。由于没有振动翅膀，蜜蜂离开玫瑰花时会自然坠落数厘米。是啊，它不愿给玫瑰带来任何伤害和不安！稍后，蜜蜂再用其全部生命力扑展翅膀，升向上方，玫瑰悠悠地轻微震颤，向它致意。

周顺贤　译

菊花

〔英国〕卢卡斯

帕德列夫斯基先生❶——或者如在某一客厅内会宣布的他的称呼：伊格纳泽·帕德列夫斯基爵士——最近重返伦敦的乐坛。这是一件大事，它使上了年纪的人回想起这位迷人的演奏家在英国初次露面的风采。这些表演是在1890年开始的，当时他三十岁，已经备受尊敬的头上金发闪闪，如圣像的光环，为此他获得"人类的菊花"这个绰号。今天那个依然受到尊敬的头部已经白发苍苍，不仅是因为岁月如梭，而且也因为作为一位爱国主义者对国事的操劳与焦虑；没有人再拿他跟鲜花相比。

然而从人类的菊花转看自然界的菊花。我们发现这位波

---

❶伊·帕德列夫斯基(1860—1941)，波兰钢琴家与政治活动家，上世纪最杰出的钢琴演奏家之一，一战前为波兰独立奔走奋斗，战后曾任总理和外交部长。

兰钢琴家的生涯跟园艺家们的一个不寻常的精力勃勃和具有开拓性的时期是一致的，在这段时期，菊花和许多其他的花卉一样，经过那么几个发展阶段，如今哪儿都没有留下它的过去的简单形态。这种进取在不小的程度上应归功于那位了不起的女士格屈露德·杰克尔小姐，她的两部著作《树木与花园》、《家庭与花园》分别出版于1899年和1900年。在这两部著作以及杰克尔小姐的朋友与合作者威廉·罗宾逊先生的《英国花卉栽培》问世之前，花卉，一般来说，保持着它们老式的品种，有身份的人士家里的园丁老是栽种半边莲、蒲包花和天竺葵。可是现在思想开化了，心胸开阔了，就花圃工这方面来看，他们决心不让任何花木停滞不前。杰克尔小姐准高兴看到平常长在草地、灌木、树篱、矮林中的不起眼的野花以及村民偏爱的园花都请到了乡绅的花坛内，主人对它们露出微笑，鼓励它们争奇斗艳。但假如原先的那种纯朴让位于华而不实和矫揉造作，而不总是常规的品种改良，她是不是同样满意就不好说了，但我怀疑她不。事实是，倘若三十年前，比方说吧，花只一种类型，那么现在有几十种，如果不说数百个变种。

你设想，开天辟地时上帝新创造的动物排队走过亚当面前，上帝要他为每种动物取个名称。那时，举例来说，只有一只狗，——这种动物大概更接近狼而不接近巴儿狗。亚当叫它为“狗”，接着准备替下一个动物起名。要是亚当今天给带到克鲁夫特公司[1]，他会感到奇怪和困惑；但是如果上帝要夏娃以同样办法为花命名（她应该承担这项使命，也可能是这样），并给带到皇家园艺展览会上参观，亚当的困惑跟她相比则只能说是心平气和了。因为你在展览会上可以发现千姿百态大小不同的大丽花，还有同样或品种更为繁多，我更为钟爱的——菊花——它受到花卉科学家成千上万次的培养改良的试验。在公元前4004年前给夏娃看的大概只有一种又瘦又小的红棕色头状花序，今天，在1929年给这种高贵[2]庄重的植物，从最浅的橘黄到最深的红棕无不应有尽有，几乎没有哪一家庭园没有几株在光彩照人地盛开。形态也改变了；花瓣加长，也有了种种色彩，有的如太阳的光线，有的蜷曲盘绕像章鱼的触角，露出上下的双重颜色。

想到菊花，我记起跟意大利戏剧家皮兰德娄先生[3]的一次会晤。当时问到他的初恋，他避开正面回答，引述马可·波罗游记中记述的鞑靼人让死去的儿女婚配的风俗。情形是这样："如果某人有个亡故的儿子，到时候他会给他娶一个妻子，好像他依然活着。他去找另外一个有亡故的女儿的人，他们一碰头，觉得相称合适，于是就成了亲家，让死去的少女跟死去的

---

❶查尔斯·克鲁夫特（1852—？），英国养狗专家，曾开办狗食公司，并举行狗展，对培养优良的狗品种颇有贡献。

❷原文为loyal（忠实的），疑为royal（高贵的）之误。

❸路易吉·皮兰德娄（1867—1936），意大利小说家与戏剧家，1934年获诺贝尔文学奖。

少年成婚。婚礼上他们书写下某些用具的名称,再把它烧掉;一看见烟柱升上天他们就说这些东西到了他们的儿女所在的另一个世界,新郎和新娘在那个世界互相拥抱如夫妇。"

"你瞧,"皮兰德娄继续说,"这是完全符合手续的婚姻,他们的后裔也是完全正当的。"事实上,每个秋天,他们都在我们周围,一动不动,沉默不语,有时这些死去的少男少女的孩子似乎比活着的孩子更可爱。他们都有美丽的圆圆的头;有的头上的鬈发是像番红花一样的橘黄色,十分柔嫩;有的是茶褐色,蓬蓬松松的,稍为带一点金色;有的白色,像初下的雪那么柔软。然而所有的孩子尽管美极了,都有一副悲伤和冷漠的神气——一种难以说清的寒气穿透你的内心,促使你去拥抱活着的孩子,虽则不像他们那样美丽,也不像他们那样教养得好。"总之,"他结束道,"死去的少男少女的孩子和爱情的结晶,在出生前就埋葬在'无穷的'忧伤里,菊花就是他们。"

啊,多美丽的想象!为了不让鞑靼人的奇想和那些阴影里的爱人过度压抑在我的心头,我要继续从这些鲜花不同一般的沁人的清芬中吸取具体的尘世的慰藉。菊花有许多了不起的品质,其中之一就是如加以修剪,比大部分花都存活得更久。你要是像日本人那样把茎插进火中稍微烧一烧,从而封存它的元气,它的寿命会更长。

倪庆饩　译

牛蒡花[1]

〔俄罗斯〕列夫·托尔斯泰

我从田野间走回家，时节正逢仲夏，牧场上的草已经收割完毕，黑麦正准备开镰了。

我眼前是这个季节所特有的美丽的花的海洋：鲜红、雪白、粉红的乱蓬蓬的三叶草花，飘着芳香；雏菊毫无顾忌地开放着；黄蕊白瓣可以占卜爱情的“爱不爱”花，发出刺鼻的腐烂的气味；黄澄澄的油菜花，有蜜似的甜味；形状像郁金香的吊钟花，一身淡紫或雪白，高高地挺立着；豌豆花在匍匐着行进；鲜红、雪白、粉红、淡紫的山萝卜花，开得齐齐整整；车前草花生着略呈粉红色的细毛，有暗香在流动；矢车菊，在早晨

[1]本文是托尔斯泰的长篇小说《哈泽-穆拉特》的引子，译自《托尔斯泰文集》(22卷本)第14卷，莫斯科艺文出版社1983年出版。

八九点钟青春时期的朝阳下，现出深蓝色，到了暮色苍茫年老力衰时却变成浅蓝之中透着红色了；而菟丝子花，柔弱得仿佛立刻会枯萎似的，散发着杏仁的气味。

我采了一大把各种各样的花走回家去，途中发现排水沟里有一棵盛开着的牛蒡花，枝上有刺，但颜色特别鲜红。这个品种在我们这里叫做"鞑靼花"，割草时总极力避开它，偶尔把它割下了，也从草堆里拣出来丢掉，免得伤着了手指。这时我忽然想起要把这朵牛蒡花摘下来，裹在花束中间带回家。我走下水沟，赶走了钻在花心里睡得又香又甜的一只毛茸茸的熊蜂，动手摘花。可是这件事做起来却十分的艰难，因为枝上布满了刺，包在手上的手巾都被它刺穿，而且花枝特别的坚韧，单是为了撕断它的皮层，我就同它纠缠了五分钟之久。后来我终于把花摘了下来，但花枝已经撕烂，颜色也不像刚才那样鲜艳，何况它的神气显得非常倔强，桀骜不驯，与别的娇嫩的花朵夹杂在一起很不和谐。我为白白地毁了一朵花而感到可惜，它原先长在水沟里是多么美丽。于是我把它扔掉了。"不过，它的生命力是多么顽强啊，"回想起刚才我摘花时所费的力量，我不由得这么想，"它为了保卫自己的生命做出了多么巨大的努力，付出了多么昂贵的代价。"

回家的路要穿过大片休耕地，这片地刚刚犁过，表面上都是黑土。我踏着黑油油的碎土上了坡。这块翻耕地是地主家的，面积不小，从大路两侧或者向前面上坡的地方放眼望去，是连绵不断的黑色的田地，上面一道一道还没有耙平但间隔均匀的垄沟，别的什么东西都看不见。地犁得很有功夫，地面上干干净净，不要说什么植物，连一根小草也不留——一片广阔的黑土。我想："人是多么残忍又多么富有破坏力的动物啊，为了维持自身的生命，他毁灭了多少有生命的动物和植物。"我下意识地想在这片辽阔而沉寂的黑土地上寻出有生命的东西来，随便什么都行。在我前面，在大路的右侧，我终于发现一株灌木，走近了一看，认得它又是"鞑靼花"，同我刚才毫无意义地摘下来又扔掉的那朵花一模一样。

这株"鞑靼花"长着三个枝子，有一个已经折断了，好像被砍断了一只手臂，只留着残根。另外两个枝子上还开着小花，花色本来都是鲜红的，现在变成了黑色，其中一个花枝也被弄断，但仍然连着皮层挂在那里，枝上的小花沾着污泥；第三个枝子虽然也沾着污泥，却照旧昂首挺胸地站立着。看来，这株花曾经被车轮从身上碾了过去，然后又重新站了起来，它的姿势尽管歪歪倒倒，毕竟是站着。好像从它身上割去了一块肉，取出了一个内脏，斩断了一只手，挖走了一只眼睛，但它仍旧站立着，没有向那个把它周围所有弟兄消灭得干干净净的人屈服。

"多么坚强啊！"我想了想，"人征服了一切，消灭了无数花花草草，可是它始终不肯低头。"

于是我想起了早年发生在高加索的一则故事，其中有些情节是我亲眼目睹的，有些是我听目击者亲口讲述的，还有一些则出于我的想象。这个故事在我的回忆和想象中是什么样子，现在就把它写成什么样子吧。

刘季星　译

南方的来客

〔俄罗斯〕巴乌斯托夫斯基

1951年秋天，在顿河罗斯托夫举行的南方作家代表会议上，索契的育种学家佐林——关于亚热带植物群的几部著作的作者——送给我一小包花籽。小包上写着："月亮花"。

我是第一次听说有这么一种花，但不知为什么，佐林不愿意把它的情况详细讲给我听。对我的一连串问题，他只是神秘地笑笑，作为对我的回答。

"请把这花种在梁赞市附近您自己的花园里吧，"他说，"只是有一个条件：当月亮花上出现花蕾的时候，那么请您在最初几个温暖的黄昏时坐在它旁边，耐心等着。"

"会发生什么事情呢？"我问。

"您自己会看到的。"佐林还是那样神秘地回答。

几天以后，我从罗斯托夫到了塔甘罗格。这个城市里有许多业余的花卉栽培家。塔甘罗格的一个个舒适的小庭院，乍看上去好似一束束扎得很巧妙的鲜花。正是深秋季节，天气干燥，处处秋声。一堆堆相思树的落叶，黄中有青，青中透红，在脚下发出簌簌的响声。粘土质的陡岸下，亚速海不时发出微弱的闪光。海水的颜色很像相思树稍有点儿发黄的叶子。

我向塔甘罗格的花卉栽培家详细打听月亮花，可是谁也不知道它。

在莫斯科，也没有任何人知道这种南方的植物。不过大家就像商量好了似的，众口一词，都断定，它当然是种不活的。无论如何，在我们这儿，在俄罗斯中部地区，它决不会开花。

春天，我把月亮花籽种在了梁赞市附近的花园里。

我觉得，对于这种神秘的花，梁赞的土地似乎太粗糙了。紧挨着花园后面就是一片松林，那儿的土壤松散，是灰色的，像灰一样。大概，正是因为像灰，所以这种土壤才得了这样一个名称："灰壤"。只有璎珞柏、耐旱的白石竹、密枝瑞香和又粗又硬的多芒的野草，在这种土壤里才能很好地生长。

真的，很难相信，这种土壤里能够长出这种小花——从气候温和的南方来的客人，在南方，到处香气浓郁，炎热而湿润。

然而月亮花长出来了。夏天天气凉爽。几乎每天浓云低垂，从云层中斜飞下一条条冷冰冰的雨丝，匆匆地敲打着屋顶。

但尽管如此，月亮花仍然长得又快又茂盛，我们这儿只有杂草、荨麻、白屈菜和滨藜才能像这样迅速生长。

快到八月的时候，花丛已经长得有一人高了，而且长出了又大又长的花蕾。花蕾形似矛尖，又好像卷起来装进绿色套子里的团旗。

每天黄昏，我们家住在农村里的人都聚集在月亮花旁，还有一些邻居：嘉尔卡——一个留着长辫子的姑娘，她喜欢高声说话，生着一双灰色的眼睛；小男孩阿辽沙，他的保姆普拉斯科维娅·扎哈罗芙娜——一个上了年纪的妇人，对世界上的一切都有她独特的见解；谢苗老大爷和集体农庄的司机万尼亚·萨马尔斯基——一个干活勤快、极端好奇的人，最后，还有我。每个人都很想知道，这是一种什么花，它的秘密在哪里。

那时阴雨天已经过去了。刚被秋色稍稍染黄了的八月，天气干燥、无风。

瞧，奇迹发生了！在这样的八月的一个黄昏，月亮花丛上所有的花蕾突然颤抖了一下，花蕾上出现了很窄的裂缝。立刻从每一个花蕾中伸出一些卷得紧紧的星状白色小杵。每根小杵都开始很快地从左向右旋转，包着花朵的萼片（花蕾上的套子)像被弹簧弹开似的,露出了纺锤样紧紧卷着的淡金色花冠。

小杵旋转着,很快捻开了花冠。最后,犹如透明的金色瓷碗一般的花朵完全开放了,并发出一种奇怪的声音,仿佛是一声轻微的叹息,同时呼出一种稍有点儿苦涩的、巴旦杏的香味,在这以前,这香味一直被牢牢地锁在花瓣之中。

花蕾上所有的小杵都在旋转, 花的叹息汇合在一起,形成一阵清晰可闻的喃喃低语,不一会儿,整个花丛上已经挂满大朵大朵湿润的金花,在暮色中发出柔和的光辉。已经闻惯薄荷和母菊香味的农村花园里,顿时充满了温暖的沿海地区、热带丛林里的空气。

当第一个花蕾开始迅速旋转的时候, 小阿辽沙大声喊:“啊,它在转,花在转哩!”

“轻一点儿!”嘉尔卡呵斥说,“别吵,爱嚷嚷的阿辽沙!你会吓坏它的。”

花会颤抖,还会小声说话,这奇异的景象使孩子大吃一惊,他感到惊讶的程度并不亚于大人,因此他不作声了,只是每当又有一朵花嘁嘁嚓嚓地响了一阵以后,仿佛燃烧起来似的完全开放的时候,他都要胆怯地向它伸出手去,可是立刻就又缩了回来。

为了能听清花朵的喃喃低语,大家都一声不响,谢苗老大爷张开嘴盯着月亮花。他自己卷的马合烟纸烟粘在他的嘴唇上，渐渐烧完了，烫着了他的嘴，可是谢苗毫不理会。

当月亮花丛上的四五十朵金花在几分钟之内全都开开以后，繁花似锦的花丛旁进行了一场这样的谈话。

“嘉尔卡，”阿辽沙眯起眼睛，说，“你自己别吵了，要不它们会飞走的。真是个傻丫头！”

真的，月亮花还没有完全安静下来，花瓣儿还在轻轻颤抖，仿佛是一群停在花枝上的蝴蝶。

“瞧啊，多么爱自作主张的家伙！”嘉尔卡说，“你怎么敢这样跟大人说话！我给你点儿厉害瞧瞧！”

“这不行！”谢苗老大爷调解地说。

“什么不行？”

“不行，姑娘，这会儿不能生气。你别吓唬孩子。你最好还是看看这花，欣赏欣赏吧。大家都知道，阿辽沙可厉害着哪。拿他有什么办法呢！”

“阿姨，它们是活的吗？”阿辽沙问，毫不理会他们的谈话。

“我也不知道，”普拉斯科维娅·扎哈罗芙娜怀疑地回答。“当然啦，是些有魔法的花。”

“怎么有魔法呢？”阿辽沙担心地望望普拉斯科维娅·扎哈罗芙娜，问。

“对，真的是有魔法，”嘉尔卡代她回答说。“我不是给你念过关于魔法的童话嘛。还记得吗？这就是说，这些花就是从这样的童话里来到我们花园里的。”

“怎么来的？”阿辽沙又问，说着仿佛是试探似的瞅了瞅嘉尔卡。“来作客吗？”

“可它们到底是怎么来的，照我看，这才是最怪的怪事哩，”万尼亚·萨马尔斯基说。

“这有什么好奇怪的！”谢苗反驳说。“我们奇怪了多少年，现在已经是见怪不怪了。我们都变成一些多么厉害的人了啊！”

“这是怎么回事呢？”阿辽沙严厉地问。他问，只不过是由于习惯。

“奇怪，奇怪，怪事儿接连不断。新鲜事来自四面八方，让人看都看不过来。头一样是拖拉机！后来是这些飞机在田野上空嗡嗡地响，给庄稼喷洒农药。后来又出现了联合收割机。引起一阵惊慌——简直是可怕！原因是明明白白的——这是一种能够创造奇迹的机器。后来又装上了电灯，周围这一带，所有村镇，直到荒无人烟的地方，直到洛普赫，全都大放光明。从前我是个锯木工人，要是锯子给夹在松树里，除了我，谁也拉不出来。只有我一个人知道这个秘密，可眼下人们是用电锯。日—月，一下子就锯好了！”

阿辽沙笑了。他简直笑得喘不过气来。

“他这是怎么了？”老大爷吃惊地问。

“他是在笑你的‘日’。”嘉尔卡解释说。

“对，对，”谢苗赞许地说，“你笑吧，好孩子！据说，一个人笑多了，他就不要吃糖了。是不是这样啊？”

“又不知胡编乱造些什么，”普拉斯科维娅·扎哈罗芙娜气愤地说。“你就爱跟着瞎说。当着孩子的面胡说什么。你就是不说，都没法儿让他吃东西哩。”

谢苗和普拉斯科维娅·扎哈罗芙娜眼看就要争吵起来，但这时万尼亚·萨马尔斯基进行干涉了。

“够了，你们别吵了，”他懊恼地说。“你们该明白，我们梁赞的土地在这儿已经有千百年了，在这块土地上发生过各式各样的事情，可是这儿还从来没有过这样的花。我们的土地上没长过这样奇妙的花。因此我想，由此我们应该作一个结论。”

“好，好，作吧，”谢苗抽着自己卷的纸烟，同意说，“想入非非吧！”

“这花，当然是为了美啦，”万尼亚仿佛是抱歉地说，面带怀有内疚的微笑望了望我。“您别见怪。我懂得，没有这个，没有美，就不可能有完满的生活。特别是，如果讲的是共产主义的话。这问题不在这里。而在于，这种南方的花，这种怕冷的花，对于我们的气候来说，似乎是外来的东西。可是瞧，它在生长，在开花。可见，问题不仅在于这种花，而在于苏联人的大胆。”

“可我，如今对什么也不觉得奇怪了，”谢苗又重复说。

“莫斯科附近也种起西瓜来。这是什么呢！老弟，这简直是奇迹。要么拿咱们的草地来说吧。都是多年的草地了，这还用说吗。唉，可以看得出来，已经一年不如一年。良种草慢慢地消失了。可是从前有谁关心过它呢？谁也不关心！可现在看到，开了多少机器来啊？草地就要返老还童了。将来这儿长出来的不会是草，而是纯金。”

“这是什么啊？”阿辽沙问。

“嘿，金子。怎么才能跟你说清楚呢？是一种东西，就跟这花差不多，只不过是硬的，敲起来当当地响。我最好还是跟你讲讲咱们同一个集体农庄里一个庄稼汉的故事吧，他想要知道一切。”

“他是个坏蛋吗？”阿辽沙问。

“看你说的，好孩子！”谢苗吃了一惊。“既然他是个待人真诚、挺爱说话的人，怎么会是坏蛋呢。他只不过很想知道周围的一切罢了。譬如说吧，他在喝茶——他就很想知道，这茶是哪儿来的。茶是从温暖的地方来的，是用晒干的叶子做成的。要么，再举个例吧，糖是从哪儿来的。糖是从甜菜里来的，只是甜菜在我们这儿长不熟。对它来说，这儿太冷了。于是那人就收拾收拾，到温暖的地方去了，他要亲眼看看，这一切是怎么生长的。而在那里，当然啦，花香扑鼻，树叶又浓又密，花园简直像天堂一样。在这些花园里，树上挂着许多柠檬。”

“橘子，”阿辽沙说。

"可我说是柠檬！我们这个人心想：'这样，可不像话！一块地上什么都有，另一块地上似乎什么也不长。让我来采些种子，带回我的北方去吧。把它们种在那里，让我们的土地高兴高兴。不是吗，从来没有人娇惯它，我们的土地上只生长耐寒的谷类作物。可它也很愿意充分发挥自己的力量啊。'他采了一些种子，回到故乡。可那儿那时候正是冬天。遍地是雪，一直堆到树梢。他抓起一把种子，撒到了雪地里。你猜怎么着！雪立刻陷下去，不见了，溪水奔流，下面露出湿润的土地，到了天暖的时候，那块土地上，瞧，长出了各式各样极好的谷物和花草，就跟这金色的花一样，长得也是那么快。和那里，和温暖的地方长得一样。简直是跟着他的脚后跟生长。"

"都是你编出来的，谢苗，"普拉斯科维娅·扎哈罗芙娜说，"老人就像小孩一样。"

"比喻嘛，"万尼亚·萨马尔斯基突然说，他的脸红了，大概是因为他说出了这个奇怪的词。

第二天，月亮花丛上开了已经不是五十朵、而是一百多朵花了。从各个村里来了许多客人，都想看看这种不可思议的花。

小孩子们整天趴在篱笆上，用通常的喊叫声来表示自己的赞美。

"喝，瞧你！"他们悄悄地说。"你看哪，啊，真有你的！真了不起！"

成年人看花时都怀着敬意，在花丛前不知为什么总是小声说话，走开的时候说：

“瞧，又是一项成就。”

有一次，我在夜里到花园去，用很强的灯光照亮了月亮花丛。周围一片黑暗，它在我面前显得那样庄严、温柔、美丽。谢苗讲的那些花草，想必也是这样光彩四射吧。民间史诗的源泉是多么真实，而在我们的时代里，它又包含着多么空前丰富的内容啊。

非琴　庆云　译

四月的气息

〔美国〕布罗斯

I

要说我们哪一种野花最为风姿绰约可不容易，但最有诗意和最受人喜爱的无疑是杨梅❶。在苔藓和枯叶间，这么谦逊，这么不爱表现，这么芳香，呈现着青春与健康的色泽，这么吃苦耐劳和朴素，没有别的花像它一样打动人心。

四月的杨梅花向蜂群奉献头一份蜜，向轻风馈赠头一份芬芳。端庄而优雅，她们爱常绿树，爱岩石，不爱受拘束，是森

❶一种石南属植物，灌木或乔木，开白色或粉红色的花，浆果为猩红色，一译野草莓。

林的精华。她们蔓生开去，在地上伸展，在枯叶下掩藏她们的美丽，在叶荫里挺拔刚健，像少女的红颜般绽开。

人们可以拨开四月的雪发现雪下更娟秀的杨梅花。啊，那杨梅盛开的日子，她们唤起人们多么美好的回忆和希望，在这个纬度的地区，她们在四月以前很难被人找到，有时候要到四月下旬。头一回真正的暖和，头一回柔和的天色，头一场芬芳的阵雨，树林中充满着阳光、枯叶和叶堆发出舒服的气味。人们跪下来，躺在一片蔓生的藤萝旁，拨开叶子，举起花枝，从容地细瞧，赞赏；有些花是白色的，有些白里透红，也有一些是纯淡红。躺在她们旁边的地上晒太阳，痛饮她们的芳香，饱餐她们的秀色和形态，聆听在附近的青松和铁杉中微风的叹息和细碎的低语，生活在现实的香馨和往日的回忆中。躺在那儿，一边梦想一边观望，如果你不跟春天的灵魂交流，那么你自己就缺乏灵魂。你可以听到头上第一只燕子在天空啁啾，从你下方的树林或对面的山脊传来松鸡桴鼓似的圆润的啼鸣。蜜蜂飞到了蜂房外，在你身旁寻找第一批花蜜，在你下方的溪水旁采集第一批褪色柳[1]的花粉。在森林的四面八方都可以听到山雀温柔忧郁的爱之歌。他是在白杨树的葇荑花上忙着的时候发出这种调子的，好像是在萃取什么食品。苍鹰在树林上面的天空中高声地尖啸；犁耙刚刚在品尝裸麦和玉米茬儿上的头一批泥土(味道不错)。土壤看样子挺

[1]美国的一种柳树，长有长圆形有光泽的葇荑花。

肥沃，气味也挺好闻，那很好。在树林里的小浜边你听到第一只水鸫——短促，明朗，清脆而匆忙的歌，倘若你走近，他会迅疾地沿小浜飞向上游或下游，一边发出加强的"乞普，乞普"的声音。

在野生的娇嫩的美方面我们有许多花远远超过杨梅：如耧斗菜，在灰色的石壁的边缘脱颖而出，它的丛生的绯红如火焰般的花朵在微风中摇曳；但它基本上只供眼睛欣赏。春天的美女，色彩缤纷的延龄草，带有花边的远志，光艳照人的杓兰，看上去更为引人注目，但不能打动人心；她们缺乏由香气暗示给人的灵魂。她们的魅力不像杨梅那样使人难忘。

Ⅱ

在四月中旬那些宁静、地面笼罩着雾气蒙蒙的早晨，农民架着犁头一趟下地，他的孩子在糖槭林中收集盛糖汁的提桶，从朦胧的远方传来金翼啄木鸟的漫长而嘹亮的啼声，草地鹨从草地上把她的一串银铃般清脆的歌声送上云霄，灌木雀在果园中鸣啭，在树林的衬托下糖槭显得红彤彤的，它们的落英斑斑驳驳地点缀着大路上晒干的泥土——这样的早晨是一年当中最令人精神振奋而引发联想的。田野看起来多么美好，刚刚翻犁过的泥土看起来多么痛快！——人们跟马一样差不多可以把它吃下去；——成团的肥料刚刚拉出来撒在田间，既好看又好闻；每一幢农家的房舍和谷仓的外表使你向往；上学途中的孩子们手提着盛便餐的桶——他们打开你的回忆的大门，让你想起你自己过去的童年，有时候他们的扣眼里插着杨梅的花枝或一束獐耳细辛。鹧鸪在树林里啼鸣，啄木鸟在干枯粗大的树枝上敲击。

白昼像是戴上了面纱，但是我们透过朦胧的雾气能瞥见面纱下大自然的面貌。蜜蜂在采集褪色柳与糖槭的花粉，从杨梅采集头一批花蜜。

在这个时候读水果和种子的目录才是有趣的事情，制造农具又引起你强烈的爱好。土壤对你召唤。在整个乡村人们正在响应这一号召。他们购买农庄，然后迁移过去。我的父母在1828年春天迁居到他们自己的田庄上；我在1874年3月迁到我的田庄上。

我看到农民现在沿着他们用石头筑的围墙行走，修补霜冻或牛羊造成的裂口，把这里那里倒塌的地方重建。

这时斐比鹟[1]平常不好听的鸣声也变得格外悦耳动听了——它这么引起你的联想。

干燥的大路从来没有在别的季节像在这时受人欢迎。当我还是一个农家少年时，大约在这个时节我脱下靴子让赤裸的双脚感触脚下的地面半小时。靠近我家附近的大路有一片

---

[1]北美产的一种鹟，微有冠羽，背部棕灰色，腹部颜色白中带黄。

光滑、干燥、平坦的地方，我往往沿着它奔跑，为那种脚步轻盈之感而兴高采烈。在这样的时候这种感觉是非常强烈的。一种什么样的自由解放的感觉啊，一种在温暖的四月黄昏里经常体验到的春天又回到人间的欢悦之感。

我想，把青春消磨在农庄上的每个人，不管他此后的生活如何，在这个季节里准有产生渴望回到土地的时刻。它的声音，它的清香，它的劳动，它的联想是多么动人地回到他的心中！他难道不想重新回去在谷仓或春草正在茁长的山冈上的草垛周围，当人们用草耙把杂乱的干草和麦秆堆成一捆捆时帮一手吗？难道他不想在草地上帮忙捡石头，在羊群游牧的高山上修补灌木篱笆，在树林中追寻布林德尔老头的小牛犊，或是为母亲捡拾柴火以重新点燃烘烤成打的裸麦面包的砖炉，张望铧犁挤满山坡的积雪堆，帮父亲在谷场上把亚麻折断后敲打梳理？

当我在春天看到农庄出租或出售的广告，我就要马上去仔细地考察一番。所有的特点都使我感兴趣——这么多英亩草地，这么多英亩林地，这么多英亩牧场——花园，果园，附属建筑物，车库，谷仓，农具房，泉水，河浜——我要把它们都看看，我已经是它们的半个主人。

甚至梭罗也感到这种吸引力，在他的日记中记述道："一大早出发，带着一个同伴骑马下乡到处走走，看看一个个打算买下来而又不付钱的农庄，我不知道还有什么乐趣比这更大的了。”

那热爱土地的人是有福的。

林荇　译

橘子

〔法国〕都德

在巴黎，橘子总带有一种愁苦的意味，因为它是从树上落下，又被人从地上拾起的果子。在阴冷多雨的严冬，在这人们的口味喜好恬淡平和的地方，当橘子来到你们身边的时候，它们那光彩的果皮和浓郁的芬芳，似乎带来了一种异乡流浪者的风貌。在雾蒙蒙的夜晚，橘子被一堆堆地装进了小小的流动售货车，在一盏黯淡的红纸提灯照耀下，悲哀地沿着马路人行道走着，伴随它们的是一个单调无力的叫卖声：

"瓦朗斯橘子，两个小钱一只！"

声音渐渐消失在车轮声和喧嚣声里……

对于四分之三的巴黎人来说，看着这从远方摘来的果子，圆圆的形状十分普通平常，上面带着一丁点儿树枝留下的小绿蒂，都只知道它是从水果摊或糖果店里买来的。丝绸样的包装纸以及由它点缀的节日，更加强了这种印象。特别是临近正月时，成千上万的橘子散到了大街小巷，所有的橘皮在河沟的泥水里流淌着，不禁使人想到有一株巨大无比的圣诞树，正在巴黎的上空摇曳，把挂在它树枝上的沉甸甸的人造果子都一起摇落了下来……

人们到处都能遇到橘子：在商店明亮的玻璃窗里，它们被精选和包装过；在监狱和救济院的门前，它们置身于饼干袋和苹果堆之间；在舞厅和礼拜日娱乐场的入口处，它们美妙的芳香和煤气的气味、音乐厅里的声响以及剧院池座里的尘土混合在了一起……

因为橘子总是整筐整篓地从南方直接运到我们这里，而此地的橘树，是在暖房里过冬，从暖房出来时，又已是被修剪过枝叶，改变了形态，而且只在户外的公共园林里短暂地亮亮相，因此人们几乎忘记了橘子应该是橘树结出来的。

为了更好地认识橘子，应该到橘子生长的地方去看看。到巴雷阿尔群岛，到沙尔代纳，到科西嘉，到阿尔及利亚，到地中海沿岸蔚蓝透明的空气和温暖的阳光中去……

我想起了布里达山口外的一片小橘林，那里真是美极了！浓密、发亮，像涂着釉似的绿树丛中，果实像彩色玻璃一般地闪着光，如同那鲜艳夺目的花朵周围辉映的花环，把四周的空气也染上了金色。人们透过各处的树枝间隙，可以看到小城的围墙、清真寺的尖塔以及一个回教墓的圆顶。高处是巍峨的阿特拉斯山，山麓一片葱绿，山顶却覆盖着白雪，好像披着一件雪白的皮袄，上空翻腾着一层混沌不清的雪絮。

当我在那里时，一天夜里，突然出现了一种三十年所未有过的奇观：山上这片积雪的严寒地带，抖动了一下身体，于是，布里达一觉醒来改变了模样，扑上了一层白粉。在阿尔及利亚清新纯净的空气里，雪好像是螺钿碾成白粉，会像白孔雀羽毛似的反光。而最美的就是那橘林，挺拔的叶片上原封不动地保留着昨夜的积雪，仿佛是放在漆盘上的冰激凌。扑上了雪粉的橘子呈现出柔和的光泽，犹如金子蒙上一层轻盈的白纱所透出的朦胧的光辉。这使人隐约地想到节日教堂里的景象：大红法衣被罩上了花纱的长袍，祭坛上的金器盖上了纱巾……

但是，我对于橘子的最美好的回忆，却是来自巴比加格里亚，一座靠近阿热西亚的大园林里，我时常在酷热时去那里睡午觉。这里的橘林比布里达的更高更广，从高坡一直延伸到路边，橘林和路之间只隔着一道篱笆和一条小沟，再往下就是海，无边无涯的蓝湛湛的大海……我在这所园林里度过了多么愉快的时光啊！就在我的头顶上，橘树开着花，挂着青色的果实，散发出扑鼻的浓香。有时，一个熟透了的橘子好像被炎热加重了重量，忽然离开枝头，落到了坚实的大地上，发出一声沉甸甸的声音。我只要伸出手去就可以够到它。这是一种优质的橘子，里面的瓤儿红得发紫，真是美味之极！天际碧澄如洗，在树叶的间隙处，大海被分割成了一块块蓝色耀眼的条块，像是些碎玻璃片，在薄薄的雾气中镜子般地闪着光。此外，阵阵海浪在摇荡着远方的大气，气候的炎热，橘子的馨香，涛声有节奏的低吟，宛若你置身于一只看不见的小船里听着温柔的催眠曲……啊！在巴比加格里亚园林里睡觉，实在是美妙极了！

然而有几次，当我午睡正酣时，忽然被一阵响亮的鼓声吵醒了，原来是几个在下面路上练习打鼓的可怜的鼓手。透过篱笆孔，我看见了鼓的铜边和鼓手红裤子上的白围腰。为了避开刺眼的阳光，路上的尘土却无情地向他们扑来，于是，这些可怜的人只得跑到园林篱笆的阴影下来纳凉。可他们还在打着鼓，还是热得够呛！我只得努力消除我的睡意，顺手摘了几个我身边树枝上的金色佳果，朝他们扔着玩儿。鼓手们停止了打鼓，犹疑着向四周环顾了一眼，想知道这些落在面前沟中的橘子来自何处，紧接着便赶快拾起橘子，连皮也不剥地大口吃了起来。

我还记得一座奇特的小园子，就在巴比加格里亚园林旁边，只隔着一道矮墙。我是从高处俯望时发现它的。这是很普通的一隅，却是按有钱人家的式样设计建造的：铺着黄沙的小径，路边种着绿油油的黄杨树，园门进口处是两株柏树，使这座园子带上了一种法国南方农家宅院的景象。没有一丝蔽荫处，园子深处是一座白石头砌成的建筑物，它那地窖的小窗与地面相平。我起初以为这是一所乡间的住宅，但再一细看，那上面竖着的十字架，以及刻在石碑上的看不清文意的碑文，使我认出这是科西嘉地方人家的墓园。在阿热西亚附近一带，有很多这种奠祭死者的小祭堂，孤零零地立在园林中央。每逢礼拜日，亲属们便来凭吊这些死者。由此看来，安眠在这里，比起在杂乱的公墓里要少一些悲哀，因为只有亲朋们的脚步声来打破这里的宁静。

从我所在的地方，我看见一个老人安详地沿着小径来回走着，他整天地在修剪枝叶、铲地、浇水、细心清理凋谢的花朵，直到夕阳西下时，才走进小祭堂里，把铁铲、钉耙、喷水壶等收好。这里长眠的是他家中的亲属，然而他以一个守墓人的安详和平静来做着这一切。这善良的老人自己并不觉得，他是以一颗虔诚的心在工作着。一切声响都是轻微的，连每次关那墓穴的门也十分小心，好像怕惊醒了谁似的。在这深邃隽永的静谧之中，这座小墓园的存在，既没有让小鸟儿惊扰，也没有使邻居们感到悲戚。然而，海却因此显得更加辽阔，天空因此显得更加高远，在因有了生命而使人感到困扰和压抑的大自然中，这永无止境的午睡给它的四周带来了永恒的安宁……

朱梵　译

橘 颂

〔英国〕米尔恩

在一年的诸种水果中，我要投柑橘一票。首先，橘子四季常有——虽然不是四季都在结果，至少水果店里是常有卖的。在餐后甜食以一把巧克力和姜糖来冒名顶替的日子，在两颗干梅和一片大黄便美其名曰混合果品的时候，橘子无论多么酸，总会理直气壮地出来解救困境。而在水果丰盛的季节，即使樱桃、草莓、木莓和醋栗摆满一桌，争鲜竞美，仍然少不了成熟甜蜜的橘子的地位。对于饮食有方的人来说，奶油面包，牛排羊肉，腊肉鸡蛋，并不比橘子显得更加不可缺少。

最普通的水果顶好是可夸耀的品类。要论橘子的长处，我没有足够的篇幅一一称颂。橘子特有的长处很多，它有益于健康，比如可以医治流感，可以改善我们的面容。橘子一尘不染，无论谁把它拿到你的桌上，都只能触到它的表皮，这层外衣将被剥掉，留在厅里。橘子呈圆形，青少年可用它来代替板球玩耍。橘子的核可用来弹击敌人；一小块橘皮，足以使一个老先生滑一跤。

然而，这一切都不足挂齿，倘若橘子不具有那甘美宜人的味道，对此，我不敢放任自己恣意评说。我对橘子的甜蜜无限倾倒，以致憎恨有人结婚，因为那意味着采摘一些新鲜的橘子花，断送掉许多金黄果实。不过，这世界还得延续下去。

次于橘子的水果，我得推樱桃了。樱桃是一种可以做伴的水果。你尽可以一面读书或者谈话，一面享用樱桃；你尽可以心不在焉地把一颗又一颗樱桃送进嘴里，当然你得注意别把核吞下肚去。而在嘴里去核的麻烦，却令你充分领略到樱桃的滋味。樱桃的细茎，使你不会弄脏手，还可以让你玩一种游戏，用嘴去咬穿在线上或浮在水面的樱桃。还有，我们可以用樱桃来揭示人生的大奥秘——看你何时与某人结婚，看她是真心爱你，还是由于看上了你的钱财虚名。（或许我可以在这儿补充一句，我知道一个女子，她能用舌头把樱桃的细茎打个结。这是一项绝技，我不知道是否也可以算作樱桃的长处之一。）

草莓只有两种吃法，一是到草莓地里去挑着吃，一是把它放在盘里捣烂来吃。第一种吃法一般要求我们躬身弯腰——遇上烈日炎炎，会晒得你毛焦火辣的；无论何时，这对于头发都是莫大的损伤。第二种吃法得由我们亲自进厨房去办，还得穿上晨衣，不宜被旁人看见。由于这些缘故，我认为对草莓的估价太高了。然而我得说，我喜欢看见一颗草莓浮在盛着苹果酒的杯里，它会使饮宴大为增色，餐桌上无论有什么缺点都会被辉映了。

木莓本是一种好水果，但总是被玷污。一颗单独的木莓也许算得上最好的水果，但你几乎不可能发现它洁身独在，我并不是指它常常同红醋栗放在一块儿，而是说它上面常附着许多小虫子。这些低级动物追求享受的本性，在贪吃木莓上暴露无遗了。如果你要吃木莓的话，必须用手去摘，仔细把上面的虫子弹个干净，然后才能吃。

当你雇用园丁时，首先必须和他就桃子达成谅解。处理这事的最好办法，是把胡萝卜、黑醋栗和大黄归他，千里光和胡桃树也可以由他采摘，但是反过来你必须坚持桃树得归你，留给你随心所欲地摘取。如果他为人正直，一定会同意的。假若达成了圆满的安排，你又有一把镀银的小刀，你可以露天削皮，当场用桃。这样的话，桃子在水果中可以占到一个很高的地位。不过，要达到上述条件是很困难的。

醋栗开裂的一头要是错了，吃了会使你窒息，吃西瓜——像黑人孩子发现的一样——会使你的耳朵沾巴巴的；红醋栗削了皮，去了籽，也还是不能令人满意；黑莓只有木莓的弱点，而无木莓的好处；梅子从来吃不到完全成熟的。然而这些水果逢着自己的节令，都是蛮不错的。它们的缺陷只要稍微习惯，我们便可以谅解；事实上，那些短处只不过是初次食用者的个人癖好而已。说到底，这些水果不是四季常有的。

然而橘子却四季伴着我们，这就说明橘子与众不同了。事实上橘子对我们大家都颇有吸引力，因为它诚实无欺。假如它快要变坏——我们之中即使是圣贤，也难免有过错的时候——它会从表面坏起，而不从里面。有多少梨子表面看来完好无缺，内部却已腐烂一团。有多少苹果表面看来天真无邪，里面却隐藏着一条肉虫。但是橘子绝没有这种诡秘的坏处，它表里如一，外表即是它内心的明镜；如果你眼快的话，可以看得一清二楚，不让水果商把坏橘子混进你的货袋中去。

蓝仁哲 译

草莓

〔波兰〕雅·伊瓦什凯维奇

时值九月，但夏意正浓。天气反常地暖和，树上也见不到一片黄叶。葱茏茂密的枝柯之间，也许个别地方略见疏落，也许这儿或那儿有一片叶子颜色稍淡；但它并不起眼，不去仔细寻找便难以发现。天空像蓝宝石一样晶莹璀璨，挺拔的槲树生机盎然，充满了对未来的信念。农村到处是欢歌笑语。秋收已顺利结束，挖土豆的季节正碰上艳阳天。地里新翻的玫瑰红土块，有如一堆堆深色的珠子，又如野果一般的娇艳。我们许多人一起去散步，兴味酣然。自从我们五月来到乡下以来，一切基本上都没有变，依然是那样碧绿的树，湛蓝的天，欢快的心田。

我们漫步田野。在林间草地上我意外地发现了一颗晚熟的硕大草莓。我把它含在嘴里，它是那样的香，那样的甜，真是一种稀世的佳品！它那沁人心脾的气味，在我的嘴角唇边久久地不曾消逝。这香甜把我的思绪引向了六月，那是草莓最盛的时光。

此刻我才察觉到早已不是六月。每一月，每一周，甚至每一天都有它自己独特的色调。我以为一切都没有变，其实只不过是一种幻觉！草莓的香味形象地使我想起，几个月前跟眼下是多么不一般。那时，树木是另一种模样，我们的欢笑是另一番滋味，太阳和天空也不同于今天。就连空气也不一样，因为那时送来的是六月的芬芳。而今已是九月，这一点无论如何也不能隐瞒。树木是绿的，但只需吹第一阵寒风，顷刻之间就会枯黄；天空是蔚蓝的，但不久就会变得灰惨惨；鸟儿尚没有飞走，只不过是由于天气异常的温暖。空气中已弥漫着一股秋的气息，这是翻耕了的土地、马铃薯和向日葵散发出的芳香。还有一会儿，还有一天，也许两天……

我们常以为自己还是妙龄十八的青年，还像那时一样戴着桃色眼镜观察世界，还有着同那时一样的爱好，一样的思想，一样的情感。一切都没有发生任何的突变。简而言之，一切都如花似锦，韶华灿烂。大凡已成为我们的禀赋的东西都经得起各种变化和时间的考验。

但是，只需去重读一下青年时代的书信，我们就会相信，这种想法是何其荒诞。从信的字里行间飘散出的青春时代呼吸的空气，与今天我们呼吸的已不大一般。直到那时我们才察觉我们度过的每一天时光，都赋予了我们不同的色彩和形态。每日朝霞变幻，越来越深刻地改变着我们的心性和容颜；似水流年，彻底再造了我们的思想和情感。有所剥夺，也有所增添。当然，今天我们还很年轻——但只不过是“还很年轻”！还有许多的事情在前面等着我们去办。激动不安、若明若暗的青春岁月之后，到来的是成年期成熟的思虑，是从容不迫的有节奏的生活，是日益丰富的经验，是一座内心的信仰和理性的大厦的落成。

然而，六月的气息已经一去不返了。它虽然曾经使我们惴惴不安，却浸透了一种不可取代的香味，真正的六月草莓的那种妙龄十八的馨香。

1925年

易丽君　译

樱 桃

〔阿尔巴尼亚〕米吉安尼

樱桃成熟了，通红通红的，像年轻的山区女人的血液，而在山区女人的心房下面，爱情的果实也成熟了。山区女人坐在自己茅屋的门槛上，在她苍白的面孔上有着鲜红的嘴唇，就像枝上的樱桃一样。

樱桃长得多好啊！累累的果实把树枝都坠得垂下来了，随时都有断折的危险。山区女人心房下的重荷使她感到很难受，她无力站起来去折樱桃枝……

樱桃树和山区女人都因自己的果实变得沉重了，大自然对她们满意地微笑。

但是谁看见了大自然的微笑呢？山区女人想尝尝鲜红的果实以解除饥饿，因为她早就没有玉米了。剩下的一点玉米是做种子用的。明天就要把它们撒到地里,等待新的收成。

唉,能吃点樱桃也好!这个有如生气蓬勃的春天的山区女人,这个有着像天空一样蔚蓝色的眼睛,有着像樱桃一样鲜红的嘴唇的山区女人,在忍受着痛苦……她在忍受着饥饿的痛苦。她的眼光是困倦而忧郁的。整个世界都使她感到憎厌,但她并不憎厌生活。在没有粮食吃的贫困中,生活在她看来仍然是可爱的。生活本身带来了欢乐,欢乐和微笑。还有一种欢乐,即夜晚的欢乐,征服了这个山区女人。夜间来到了,丈夫在床铺上抚爱她,她忘记了白天的痛苦,醉人的欢乐解除了饥饿。夜晚的欢乐在她身上产生了果实,变成了沉重的、但是幸福的重荷,重荷紧连着她的心。她看着樱桃,但是没法把它摘下来,樱桃挂得太高了。去年她是自己摘樱桃的,她毫不费力地爬到树上,而当看见丈夫的时候,就跳到地上,因为她衣服穿得不整齐。

山区女人在沉思,由于弄不到樱桃而发愁。但当她想到弄不到樱桃是由于身怀重荷,而身怀重荷的原因又是由于夜晚的欢乐,她的烦恼就消失了,代之以愉快的感觉。唉,夜晚,夜晚!可爱的黑暗的夜晚。年轻的山区女人这样想着,她的思想是单纯的,就像她青年时代的愿望一样单纯而自然。

面色忧闷的老婆婆站在茅屋的门槛上,眯缝着眼睛,春天的光亮使她睁不开眼。年轻的女人想说摘樱桃的事,但是她感到害羞。她站起来,慢慢地,有如风平浪静的天气里的小帆船，向樱桃树走去，拿着一根长杆子，想把樱桃树枝打断。但是她未能成功。她浑身出冷汗，抛掉杆子，坐在樱桃树下的地上了。站在门槛上的婆婆没有看到她的这番努力，她解开脏得像冬天的天空似的衬衣的纽扣，在那儿数钱，也许，在做别的什么事情。钱！……哪里来的钱呢？因此，一定是在做别的什么事情。媳妇眼看着，心想将来她也会变得像这位老太婆或列支·麦塔的。列支·麦塔过去就像一棵茁壮的橡树，而现在老了。他经常来，用淫荡的眼光看着她，说些猥亵的话。而丈夫、婆婆却在一旁笑。难道在他晚年的时候这些话对他能有所慰藉吗？

山区女人叹口长气，腹内一阵剧烈的疼痛。"如果是个女孩还不错……上帝保佑！……而如果是个男孩呢，也没有什么……等他长大了，挣一袋钱，替自己买个老婆。"

"妈妈！"

"干什么，孩子？"

"我丈夫快回来了吗？"

"他到哪儿去了？"

媳妇的眼光没离开樱桃树，饥饿在折磨着她。由于饿，她最后的一点气力也失去了。

"妈妈！你能不能替我折点樱桃，非常想吃东西。"

"我不能够，孩子，等你丈夫回来吧。"

媳妇感到自己的心在收缩。她发出了呻吟声。身体内有什么东西在颤动。憎恨，无对象的、无情的憎恨涌上心头，扼住了她的喉咙，紧压住她的心，总也不肯松开……只有当她苍白的面孔上泪如雨下的时候，憎恨心才缓和下来。

一个饥饿的、不幸的、怀孕的妇女，她能不能把孩子生下来？她的孩子能不能成为大自然的爱子？

在贫穷中受孕和生下来的孩子是注定要过穷日子的。他获得的遗产是苦难和贫穷，随着苦难和贫穷而产生的便是憎恨心。

他带着憎恨心出生。憎恨可以使他成为强盗或盗贼。而强盗就是强盗！他的命运就是抢劫和燃烧建筑在国家法律基础上的房屋，而为此他将要遭到怎样的惩罚呢？

"要我的命吧！你再也不会从我身上逼出什么东西来的！"被关在燃烧着的火圈内的强盗喊道。

山区女人坐在地上呻吟。老婆婆慢慢地向她走去。在母亲的痛苦的号泣声里很快就加入了婴儿的哭泣声。他向世界宣称他的出现，在宇宙的这个不受注意的角落里他向人类宣告自己的到来。人们向年轻的母亲祝贺说："他会讨一碗饱饭！"先生们，你们喜欢不喜欢这个祝贺？如果你们新生下孩子时碰到这样的祝贺，你们该怎样呢？

春天的大自然在欢笑，因为鲜红的樱桃成熟了，穷人的孩子出生了。

1936年

裴培　译